Maschinenwahn
Carmen Capiti

Über das Buch

Eine betäubte Frau landet auf dem Behandlungstisch von Sams illegaler Arztpraxis. Sein Auftrag lautet, ihren Körper durch zahlreiche Cyberprothesen zu modifizieren. Doch mitten in der OP erwacht die Frau aus ihrer Narkose und flieht. Sams Klient zeigt nun sein wahres Gesicht: Sollte er die Unbekannte nicht wiederfinden und seinen Auftrag zu Ende führen, droht ihm der Tod. Eine mörderische Hetzjagd beginnt.

Was zählt ein Menschenleben in einer Welt des Maschinenwahns?

Über die Autorin

Carmen Capiti wurde 1988 in der Zentralschweiz geboren und arbeitet seit 2012 im Bereich der Informationssicherheit. Das Schreiben entdeckte sie in frühen Jahren auf der Schreibmaschine ihrer Großeltern und verfasste während ihrer Schulzeit diverse Zeitungsartikel und Kurzgeschichten. 2015 gründete sie mit drei weiteren Autorinnen den Verein Schweizer Phantastikautoren (www.phantastikautoren.ch).

Ihr Debüt-Roman *Das letzte Artefakt* erschien im März 2015 und wurde nominiert für den SERAPH 2016 - Bestes Debut. Seither veröffentlichte sie unter anderem den phantastischen Roman *Die Geister von Ure* und diverse Kurzgeschichten.

Carmen Capiti

MASCHINENWAHN

Roman

FSC
www.fsc.org
MIX
Papier aus verantwortungsvollen Quellen
Paper from responsible sources
FSC® C105338

Herstellung und Verlag: BoD – Books on Demand, Norderstedt.
ISBN: 9783743188631

www.carmencapiti.ch
www.phantastikautoren.ch

Cover: Birgit Tonn
Umschlaggestaltung: W.F. Rothert

Auf gesellige Abende.

1. KAPITEL

Gewohnheitsgemäß wischte Samuel die kurze Klinge am weißen Laken ab, während er seinen Blick über den Körper auf dem Tisch vor ihm wandern ließ. Ab und zu dachte er daran, Augenblicke wie diese auf Fotos zu bannen und eine Sammlung anzulegen. Wenn ihn abends die Langeweile plagte, könnte er sie hervorholen und sich damit ablenken. Aber er wusste, dass er in echte Schwierigkeiten geraten würde, sollten die Bilder in falsche Hände geraten.

Nicht immer gelangen ihm Meisterwerke wie heute. Das lag mitunter daran, dass er nur selten mit hervorragendem Material wie diesem arbeiten durfte. Samuel trat um den Tisch herum und ging am Kopfende in die Hocke, um sein Kinn neben dem Gesicht der Zwanzigjährigen zu platzieren. Ihre halblangen dunklen Haare kitzelten an seinem Ohr, doch er ignorierte es. Aus dieser Perspektive war es perfekt. Ihr regloser, in ein weißes Hemd gehüllter Körper schien vollkommen, doch Sam wusste es besser.

Nur mit Mühe riss er sich von den vereinzelten roten Bluttupfern auf dem Gewand los und betrachtete die langen nackten Beine. Sie ergänzten sich einwandfrei und sahen aus, als seien sie schon seit Jahren nebeneinander hergegangen.

Wenn bloß ihre Brüste nicht wären, dann könnte ich die Stelle sehen, wo …

Sam schoss in die Höhe und schüttelte abrupt den Kopf. Er durfte sich nicht immer so in seiner Arbeit verlieren. Während er einen scheuen Blick auf das Gesicht der Frau warf, kaute er nervös an seiner Unterlippe herum. Seine Patientin war noch betäubt und Sam hoffte, dass sie noch tief genug schlief, um nichts von ihrem aufdringlichen Arzt mitzubekommen.

Als er wieder stand, konnte er die feine Naht am rechten Oberschenkel sehen und ein stolzes Lächeln umspielte seine Lippen. *Eine wirklich gute Arbeit. Und das Bein Ich will nicht wissen, wie viel es gekostet hat.* Genaugenommen wusste er, wie viel es gekostet hatte, immerhin hatte er es selbst auf dem Schwarzmarkt besorgt. Aber er hatte keine Ahnung, wie viel eines frisch aus der Fabrik kostete. Es war makelloses Material. Zum einen hoch funktional mit der neuesten Cyberware ausgestattet und zum anderen so naturgetreu, dass er zuerst dachte, er halte ein menschliches Bein in den Händen.

Vergnügt trat er durch die Sterilisationskammer, streifte die Latexhandschuhe und Atemmaske ab und setzte sich an den Computer. Seine Finger glitten über die projizierte Tastatur, als er den Bericht fertigstellte und in Gedanken die Coins zählte, die er für den Auftrag erhalten würde. Zuerst musste aber das echte Bein aus dem Gefrierschrank verschwinden.

Er wandte den Blick auf die Frau hinter den durchsichtigen Plexiglaswänden. Sie war jung und das Bein im Schrank unversehrt. Sam schüttelte den Gedanken ab. Es gab eine Menge Gründe seine Körperteile durch Cyberware zu ersetzen. Dass die Regierung diese Meinung nicht teilte, war nicht sein Problem. Abgesehen davon, dass seine Arbeit deshalb als illegal galt. Das hielt Sam aber nicht ab, das Geld mit all den wohlhabenden Leuten zu verdienen, die auf künstliche Gliedmaßen oder Organe versessen waren. Arbeiterschutz und all die sonstigen Argumente dagegen konnten ihm dabei herzlich egal sein. Falsch. Sie mussten ihm sogar egal sein, damit er sich bei seiner Arbeit nicht selbst im Weg stand.

Zwei Stunden später holte ein Mann in einem dunklen Anzug das Mädchen ab. Sam überreichte ihm den Bericht und löschte diesen von seinem Speicher, nachdem er die Bestätigung der Bezahlung erhalten hatte. Er fragte sich ein weiteres Mal, wie der Vater des Mädchens darauf gekommen war, ausgerechnet Sam zu wählen. Sein Ruf war nicht schlecht. Vielmehr war er inexistent. Die Reichen und Schönen von Zürich empfahlen sich gegenseitig andere Chirurgen, die es mit dem Gesetz nicht so genau nahmen und Sam blieben die unsauberen Arbeiten mit minderwertigerem Material. Andererseits bedeutete ein unbekannter Arzt, wie er einer war, auch mehr Diskretion. Wenn Samuel ehrlich war, spielte es keine Rolle. Für ihn war es so oder so nur ein Job, mit dem er sich über Wasser hielt. Wobei er nicht abstreiten konnte, dass der handwerkliche Aspekt ihn nach wie vor begeisterte.

Plötzlich spürte er ein Ziehen im rechten Bein und stöhnte. Dabei fiel sein Blick verstohlen auf einen der Medizinschränke.

»Nein«, sagte er zu sich selbst. »Heute gewinnst du nicht.«

Er rieb mit der Handfläche über das schmerzende Knie, bevor ihn ein heller Klang aus den Gedanken riss. Er setzte sich an den Computer und akzeptierte den Telefonanruf auf seiner Geschäftsleitung. Die Videoübertragung war deaktiviert und offenbar kam ein Stimmenverzerrer zum Einsatz. Weder dies noch die Tatsache, dass der Anruf anonym reinkam, war etwas Neues.

»Doktor Meyer?«, fragte die tiefe Stimme.

»Was kann ich für Sie tun?«

»Ich habe eine Patientin für Sie. Eine Liste mit den gewünschten Modifikationen wurde Ihnen soeben zugesandt.«

Sam öffnete das Dokument, das gerade eingegangen war. Anscheinend beanspruchte sein Kunde nicht das erste Mal einen Arzt wie ihn. Zumindest redete er nicht lange um den heißen Brei und wusste, wie die Sache ablief. Als sich die Liste auf dem Bildschirm öffnete, wurde Sams Hals trocken und er riss die Augen auf.

»Doktor?«, fragte die Stimme.

Sam räusperte sich und setzte sich gerade hin, auch wenn sein Kunde ihn nicht sehen konnte.

»Das ist eine ganze Menge.«

»Korrekt.«

Sein Blick schweifte über die Einzelheiten und die Typenbezeichnungen der einzelnen verlangten Cyberware-Module. Alles robuste Ware und neueste High-Tech, die nicht einmal im Ansatz als menschliches Körperteil getarnt war. Vor Sams Auge bildete sich das Bild einer Person, die kaum noch als Mensch erkennbar war. Ein Cyborg, wie sie heute inoffiziell genannt wurden. Bei dem Gedanken verkrampfte sich sein Magen.

»Es wird eine Weile dauern, bis die Ware besorgt ist.« Er konnte den Skrupel in seiner eigenen Stimme hören.

»200.000«, lautete die knappe Antwort.

»Wie bitte?«

»200.000 Coins für eine saubere und diskrete Erledigung der Arbeit.«

Nun verlor Sam jegliche Haltung und rutschte beinahe vom Stuhl. Mit der Hand wischte er sich den plötzlich austretenden Schweiß vom kahlrasierten Schädel. Seine Gedanken rasten, als er versuchte, die ungefähren Kosten für die Cyberware zusammenzurechnen und sie dann von der angebotenen Summe abzog. Es bliebe immer noch genug Geld, dass er sich ein halbes Jahr ohne Aufträge durchbringen könnte. Er ballte seine

Hände zu Fäusten und öffnete sie wieder. Diesen Vorgang wiederholte er dreimal, bevor er sich zutraute, ohne Zittern in der Stimme zu antworten.

»Ich brauche drei Monate, um die Ware zu besorgen.«

»Sie haben zwei.«

Sein Kunde hörte sich nicht an, als wäre dies ein diskutierbarer Vorschlag. Sam nickte und sein virtuelles Gegenüber musste das Schweigen wohl als Zustimmung deuten.

»Die Akte wird Ihnen zugesandt. Sie erhalten zu einem späteren Zeitpunkt genaue Angaben zur Operation.«

»Danke«, sagte Sam, doch der Kunde hatte die Verbindung bereits unterbrochen.

Wieder machte ihn sein Computer auf eine neue Datei aufmerksam, doch vielmehr bannte die Angabe rechts oben im Bildschirm Sams Blick. Sein Kontostand war soeben um 100.000 Coins angestiegen.

Obwohl der Schmerz in seinem Bein vergessen war und er seine zitternden Hände mit drei weiteren Faustbewegungen beruhigte, sprang Sam auf und öffnete den Wandschrank. Er packte die Dose, die zuvorderst auf dem Regal stand, schüttelte zwei der Pillen in die Handfläche und schluckte sie ohne Wasser herunter.

2. KAPITEL

Die Cyberware in der kurzen Zeit zu besorgen, hatte sich als nicht gerade einfach herausgestellt. Sam wusste, dass er für einiges davon mehr bezahlt hatte, als er hätte aushandeln können. Es blieb aber immer noch eine Menge Coins aus der Vorauszahlung übrig, sodass er dem Geld nur wenig nachtrauerte.

Am Morgen vor der Operation blätterte er ein weiteres Mal die Akte der Frau durch, die all diese Kostbarkeiten erhalten sollte. Viele Dinge, vor allem über ihre Person, waren geschwärzt und auch sonst war das Dokument nicht sehr informativ. Natürlich konnte er alles entnehmen, was er brauchte: Blutgruppe, Krankheiten, bisherige Operationen und so weiter. Was ihn die Augenbrauen zusammenziehen ließ, während er über die Angaben scrollte, war, dass diese 35 Jahre alte Frau bisher noch keinerlei Cyberware in sich trug. Eine Tatsache, die Sams Skrupel entfachten. Menschen reagierten unterschiedlich auf neue fremde Körperteile. Einige brauchten minimale Zeit, um sich daran zu gewöhnen, für andere bedeutete es eine massive psychische Belastung. Es gab solche, die irre wurden und versuchten, sich den Fremdkörper gewaltvoll zu entfernen. Ein weiterer Grund, warum die Regierung kein Unterstützer von derartigen Veränderungen an einem eigentlich gesunden Körper war. Seine Patientin schien jedoch in guter Verfassung zu sein. Außerdem war er nicht ihr Leibarzt, sondern erledigte bloß einen Auftrag und fertig. Er hatte keinen seiner Kunden je wieder gesehen und das würde auch mit ihr der Fall sein.

Drei kraftvolle Klopfer an der Tür brachten Sam ins Hier und Jetzt zurück. Er strich den Ärztekittel glatt, fuhr sich noch einmal über den Backenbart und öffnete. Ein Mann in einem bodenlangen grauen Mantel trat mit schnellen Schritten ein und rauschte an Sam vorbei. Ihm folgten vier Männer, die eine Liege zwischen sich trugen. Darauf, unter einem weißen Tuch, lag zweifelsfrei ein regloser Körper.

Sam beobachtete schweigend, wie sich der enge Vorraum seines Operationssaals füllte, bis der erste Mann vor ihn trat. Er war deutlich kleiner als Sam und von japanischer Abstammung, soweit er das anhand seiner Gesichtszüge einschätzen konnte. Die schwarzen langen Haare trug er in einem Knoten auf dem Kopf und erst als er den hochstehenden Kragen des Mantels ablegte, konnte Sam sein ganzes Gesicht sehen. Unschön verwachsene Verbrennungsnarben zierten seine linke Gesichtshälfte und in den Augen blitzte Cyberware. Diese musste erstklassiges Material sein, denn sie war nur schwer zu erkennen, aber für einen Profi wie Sam trotzdem durchschaubar.

»Wir vertrauen auf Ihr Können, Doktor«, sprach der Mann leise und sein Blick verriet, dass er keine Komplikationen duldete. Der Kloß in Sams Hals wurde größer. Er überragte den Mann um einen guten Kopf, doch er verspürte keinerlei Lust sich mit ihm anzulegen. Er nickte und deutete auf den Körper auf dem Tisch. »Sie wurde bereits narkotisiert?«

»Nur sediert. Normales Schlafmittel.«

Ein kaum merkliches Lächeln trat auf die dünnen Lippen des Japaners und er berührte Sam sanft am Arm.

»Keine Angst, Doktor. Sie weiß von der Operation und hat eingewilligt. Sie wollte nur nicht bei vollem Bewusstsein hierhergebracht werden.«

Sam stand es in keiner Weise danach, hier genauer nachzufragen. Mit einem Fingerschnippen des Japaners trat ein Mann nach dem anderen aus dem Zimmerchen nach draußen. Ihr Boss folgte ihnen schweigend und Sam blieb alleine mit der Patientin zurück.

Er schüttelte die unangenehme Begegnung von sich und zog sich um, bevor er mit der Rollbahre in die Sterilisationskammer trat. Entkeimt trat er dann in den Operationsbereich, wo er zuerst eine Weile damit beschäftigt war, all seine Hilfsapparate in Stellung zu bringen. Alleine zu operieren, war keine einfache Aufgabe. Einen Assistenten konnte sich Sam jedoch nicht leisten. Immerhin war die Technik so weit, dass die meisten unterstützenden Tätigkeiten von Maschinen übernommen wurden.

Sam schwenkte den Blick über das bereitliegende Besteck, welches ihm ein sprachgesteuerter Arm reichen konnte und überprüfte die Monitore. Dann faltete er das leichte Tuch über seiner Patientin zurück und legte den Kopf der Frau bis zu den Schultern frei. Feuerrotes Haar kam zum Vorschein, in der Mitte gescheitelt, links kurz geschoren und rechts bis zu ihrem Kinn reichend. Die Farbe leuchtete beinahe grell in Kontrast zu ihrem blassen Gesicht.

Sam atmete noch einmal tief durch und begann mit den Vorbereitungen. Er legte der Frau eine Gesichtsmaske auf, um die Sauerstoffzufuhr zu erhöhen. Dann rollte er die Decke an ihrer rechten Körperhälfte zur Seite und desinfizierte ihren Arm, bevor er einen Katheter und die notwendigen Infusionen anhängte. Als er die Kanüle in die Vene schob, stöhnte die Frau kurz auf und verzog das Gesicht. Sachte spritzte Sam das Narkosemittel ein und wartete, bis sie in einen traumlosen Schlaf sank. Nachdem er die Atemmaske entfernt hatte, führte er den Trachealtubus durch ihren Mund ein und warf einen Blick auf den Prüfmonitor. Die Werte waren in Ordnung und offensichtlich befand sich die Frau bereits in Vollnarkose.

»Legen wir los, Sara«, sagte er dann, mehr zu sich selbst.

Ihr Name war auf den Unterlagen geschwärzt gewesen, doch Sam mochte es, während der Operationen mit seinen Patienten zu sprechen. Und für ihn sah sie wie eine Sara aus. Bevor er das Skalpell das erste von vielen Malen ansetzte, untersuchte er ihren Körper. Er tastete die Beine und Arme ab, drückte gegen die Bauchwand und Brust und befühlte schlussendlich ihr Gesicht. Die Akte stimmte. Kein einziges Stück Cyberware. An ihrer linken Schläfe befand sich immerhin ein ConnectGear für den Zugang zur virtuellen Realität – ein schmales, kupferfarbenes Metallplättchen direkt unter der Haut. Der Körper der Frau war durchtrainiert und Sam zweifelte keine Sekunde lang, dass sie ihn mit einem Schlag ihrer muskulösen Arme niederstrecken könnte. Ein gesunder, gestählter Körper. Und Sam würde ihn Stück für Stück auseinandernehmen.

Er hatte seine Favoriten, wenn es darum ging, Cyberprothesen anzubringen. Menschliche Augen zu ersetzen, gehörte definitiv nicht dazu und aus diesem Grund wollte er dies als Erstes hinter sich bringen.

Es fiel Sam immer schwer, die vergangene Zeit einzuschätzen, wenn er am Operationstisch stand. Ungefähr zwei Stunden musste er bereits gearbeitet haben, als er die letzten Handgriffe am rechten, künstlichen Auge vornahm. Ein beißender Geruch, der auf einmal in seine Nase drang, zwang ihn dazu, sich vom Kopf der Frau zu lösen. Ein Blick auf die verschiedenen Überwachungsmonitore sorgte dafür, dass das Blut aus seinem Gesicht wich. Dunkler Rauch kräuselte sich über einem der Geräte und das Ausbleiben von Blinklichtern auf der Digitalanzeige, führte dazu, dass sich Sams Innereien zusammenknoteten. Mit zwei Schritten war er bei der Maschine und identifizierte deren Aufgabe. Ein Stöhnen entwich ihm, als seine Hand dem dünnen Schlauch folgte, der im Arm der Patientin verschwand. Der Schlauch war leer. Wie lange schon kein Narkosemittel mehr hindurchfloss, vermochte Sam nicht zu sagen.

Ein unterdrücktes Husten ließ ihn herumfahren. Auf dem Operationstisch zuckte der Kopf der Patientin hin und her, während ihr Körper mit Würgen und Keuchen gegen den Tubus in ihrem Rachen ankämpfte. Sam stolperte vor Schreck rückwärts und warf dabei den Beistelltisch mit den medizinischen Werkzeugen um. Ein Scheppern erklang und die Frau drehte ihren Kopf zu ihm um. Sam starrte in das schmerzverzerrte Gesicht seiner Patientin und konnte beobachten, wie die Panik überhandnahm. Sie drehte den Kopf zurück, ihre Hände tasteten nach dem Fremdkörper in ihrem Mund. Sam wollte vorstürmen, um zu verhindern, dass sie den Schlauch herauszog, sein Fuß erwischte jedoch das zu Boden gefallene Besteck und knickte ein. Mit rudernden Armen stürzte er Richtung Metalltisch, wo er hart aufschlug, bevor er von Schwärze umfasst wurde.

Fremde Hände fassten ihn grob an und schüttelten ihn. Irgendwoher ertönten unterschiedliche Stimmen und eine davon schrie ihm direkt ins Ohr. Mit Mühe zwang er sich die Augen zu öffnen, doch nur ein verschwommenes Bild eröffnete sich ihm. Er kniff sie wieder zusammen und wollte einen zweiten Versuch starten, als er weggestoßen wurde und sein Kopf auf dem Boden aufschlug. Nun tanzten kleine Lichter durch das Schwarz, das ihn umgab.

»Wo ist sie?«, sagte eine der Stimmen. Bedrohlich, kreischend, schmerzend.

Sam zwang zuerst sein rechtes Auge auf, es war geschwollen, dann das linke, dieses war verklebt. Ein dumpfer Schrei drang über seine Lippen, als er sich auf die Unterarme stützte und zur Seite drehte. Sein Rücken berührte die kühle Wand des Labors, während er sich in eine sitzende Position kämpfte.

»Was …«, murmelte er, wurde aber sofort unterbrochen.

Die schemenhafte Gestalt von vorhin kniete vor ihm hin und packte grob seine Schultern.

»Wo – ist – Sie?«

Der Japaner atmete schwer und die Worte fanden nur mühsam einen Weg aus seinem Mund, den er verkrampft zusammengepresst hielt.

Wo ist die Frau? Und wo kommen auf einmal all die Leute her, die meinen Operationssaal auseinandernehmen?

Sam fuhr mit den Händen über die Stelle, wo er aufgeprallt war. Anhand der Schwellung und des getrockneten Blutes schätzte Sam, dass dieser Augenblick schon eine Weile her sein musste. Ein Tritt in die Hüfte holte ihn aus seinen Gedanken.

»Ich weiß es nicht«, zischte Sam unter Schmerzen und war erstaunt, dass ihn seine Stimme nicht verließ. »Sie ist mitten in der Operation aufgewacht.«

»Aufgewacht?« Der Japaner war wieder dem Kreischen nahe.

»Ja«, antwortete Sam, während er ein Schaudern unterdrückte. »Der Narkosemonitor ist ausgefallen.«

Der Mann griff nach der Metallschale auf dem Boden und schleuderte sie mit einem Schrei in Richtung seiner eigenen Leute. Duckend brachten sich diese in Sicherheit, verzogen aber keine Miene. Der Japaner wandte sich wieder an Sam. Sein Kopf war feuerrot.

»Du findest sie. Du bringst sie hierher zurück und

beendest deine Arbeit.«

Seine Augen duldeten keinen Widerspruch und alles, was Sam zustande brachte, war ein schwaches Nicken.

»Wenn sie entwischt, finde ich dich und presse eigenhändig das Leben aus dir raus. Ich hoffe, wir verstehen uns.«

Sams Brust zog sich schmerzhaft zusammen und es fiel ihm auf einmal schwer zu atmen. Der Japaner wartete keine Antwort ab, sondern drehte sich um und stürmte mit wehendem Mantel aus dem Labor. Seine Leute folgten ihm auf dem Fuß. Sam saß weiterhin auf dem Boden und starrte zur Tür. Es vergingen Minuten, vielleicht sogar Stunden, bevor er seine zitternden Arme hob und sich am Rand des Waschbeckens über ihm hochzog. Vier tiefe Atemzüge und kaltes Wasser im Gesicht sorgten dafür, dass sein Herzschlag sich beruhigte. Noch traute er seinen Beinen nicht zu, eigenmächtig zu stehen. Im rechten Knie pulsierte es schmerzhaft und Sam spürte förmlich, wie sich die Cyberware darin zurechtzurücken versuchte. Die Prothesen sollten eigentlich keine Schmerzen verursachen und sie durften auch nicht derart anfällig sein. Zumindest, sofern man das richtige Material verwendete und einen Profi ranließ. Vor zehn Jahren hatte sich Sam kein richtiges Material leisten können und er war damals weit davon entfernt gewesen, ein Profi zu sein.

Mit verzerrtem Gesicht massierte er seinen Oberschenkel. Die Praxis war ein Schlachtfeld. Die Werkzeuge lagen über den Boden verstreut und Blut besudelte den Operationstisch und den Boden daneben. Mehr Blut, als bei dem kurzen Eingriff hätte fließen sollen. Mit einer Handbewegung an seinen Kopf überprüfte Sam, wie viel der getrockneten Flüssigkeit seine eigene sein konnte. Sein Operationssaal war auf alle Fälle derart kontaminiert, dass er es vergessen konnte, in nächster Zeit wieder hier zu operieren. Seufzend trat er durch die Schleuse und wusch seinen verklebten Schädel. Er desinfizierte die Platzwunde und legte ein Stück Gaze darüber. Dann trat er auf die Wand neben seinem Computer zu, ließ seine Iris scannen und wartete, bis die getarnte Tür zur Seite glitt.

Der kleine Nebenraum war der Ort, wo Sam lebte. In einer Nische hinter einer weiteren Schiebewand lag seine dünne Matratze, doch Sam ignorierte die aufsteigende Müdigkeit. Er wandte sich zu dem kleinen Kühlschrank und griff nach dem Wasserkanister darin. Doch er zögerte und umfasste schließlich eine Dose Bier. Erst als die Hälfte davon durch seine Kehle geflossen war und er sich auf dem Plastikstuhl niedergelassen hatte, brach die Bedeutung der Situation über ihn herein.

Wo zur Hölle bin ich hier hineingeraten?

Für einen kurzen Moment zog sich seine Brust zusammen, doch er schwemmte das Gefühl mit dem restlichen Bier weg. Seine Nerven entspannten sich ein wenig und das Dröhnen im Schädel ließ nach. Seine Hand fasste bereits zum Griff des Kühlschranks, dann zog er sie zurück. Ein Bier konnte seine Sinne klären, zwei würden sie wieder vernebeln. Und er brauchte einen klaren Kopf. Noch einmal spielte sich der Tag vor seinem inneren Auge ab.

Das Mädchen mit dem geschwärzten Namen war zu ihm gebracht worden, betäubt. Sie erwachte während der Operation, panisch, doch nicht so sehr verwirrt, dass sie nicht hätte abhauen können. Oder hatte jemand sie geholt? Wurde sie entführt? Aufgewacht war Sam, als sein vermeintlicher Kunde ihn besucht und seine Praxis demoliert hatte. Die Frau war verschwunden und wenn er sie nicht wiederfand, würde ihn sein Arbeitgeber töten. Soviel zur momentanen Situation. Könnte schlimmer sein. Wenn auch nicht viel schlimmer. Es war nicht die erste Todesdrohung, die Sam erhalten hatte. Auch nicht die erste, die er ernst nahm. Mit einem Schaudern erinnerte er sich an die Waffe an seiner Schläfe nach einer verpatzten Operation. Bisher hatte sich aber alles mit einer kleineren oder größeren Menge Coins regeln lassen. Irgendetwas sagte ihm, dass die Sache dieses Mal anders lag.

Als das Pulsieren der Schwellung über seinem Auge weiter zunahm, bewegte sich Sam zurück in die Praxis und warf sich zwei weitere Tabletten ein. Bei dem tastenden Griff nach seinem Telefon, bemerkte er, dass seine Manteltasche zerrissen war. Wütend schob er die Gegenstände im Chaos seines Labors mit den Füßen über den Boden, doch das Gerät lag nicht unter ihnen. Es gab nur eine Möglichkeit, wo es sich befinden konnte. Mit trockener Kehle fasste er nach einer der halbgeöffneten Schubladen und zog sie mit Kraft zu sich. Wo sein Revolver hätte liegen sollen, klaffte eine genauso gähnende Leere wie in seiner Manteltasche.

»Scheiße!«

Eine Weile starrte er auf den blanken Stahl der Schublade, dann streifte er den Mantel ab und ließ ihn fallen. Mit drei Schritten erreichte er die Tür, schnappte seine Lederjacke und verließ das Schlachtfeld. Draußen fiel ihm als Erstes eine weitere eingetrocknete Blutlache auf. Mit wem sich die Frau oder ihre Entführer sonst noch angelegt hatten? Sam hoffte inständig, es war einer der Lakaien des Japaners und keiner seiner Nachbarn. Er hielt den Atem an und setzte über die rote Pfütze hinweg.

Er hatte nur zwei Möglichkeiten: Entweder er fand die Patientin so schnell wie möglich, oder er musste dafür sorgen, dass er in Nullkommanichts von der Bildfläche verschwand. Den Weg der zweiten Variante war er vor fast zehn Jahren schon einmal gegangen und dies war mit gewissen Umständen verknüpft gewesen, die ihn vermutlich zwingen würden, Zürich zu verlassen. Wie auch immer er sich entschied, es gab nur einen Kerl, der ihm im Moment helfen konnte.

3. KAPITEL

Sam hielt sich nicht damit auf anzuklopfen. Er wusste, dass der Bewohner dieser Bruchbude ihn so oder so nicht hören würde. Seine Muskeln spannten sich, als er die schwere Tür zur Seite schob. Seit er hier ein und aus ging, war die Automatik kaputt und es war nicht abzusehen, dass sich an der Situation je etwas ändern würde. Mit Schweißperlen auf der Glatze trat Sam ein und hörte sofort eine säuselnde Stimme.

»Hallöchen Sammy-Boy.«

Sam hob den Kopf an und betrachtete die Frau auf der Treppe, die vom ramponierten Eingangsbereich in den oberen Stock führte.

»Hallo Boobie.«

Die junge Frau spazierte langsam die Stufen hinunter, als das Licht zu flackern begann und plötzlich eine alte LED-Lampe den Raum beleuchtete. Schwarzes, hüftlanges Haar mit violetten Strähnen umrahmte den schlanken, gut proportionierten Körper. Ihre Brüste waren für Sams Geschmack etwas zu groß, doch seine Meinung war nicht entscheidend. Immerhin machte sie ihrem Namen alle Ehre. Heute trug sie ein hautenges Latex-Top und Shorts, die so kurz waren, dass sie als Unterwäsche durchgehen konnten. Ihre Füße steckten in schwarzen Lederstiefeln mit Bleistiftabsätzen.

»Willst du zu Crunch oder zu mir?«, fragte Boobie mit einem lasziven Lächeln auf den Lippen.

»Macht das einen Unterschied?«, seufzte Sam und deutete mit dem Arm die Treppe hinauf.

Immer noch lächelnd wandte sich die Frau um und stieg nach oben. Als ihre Haare zur Seite schwangen, blitzten die nicht abgedeckten Leiterplatinen in ihrem

Nacken hervor. Boobie wirkte so echt, dass es schon unheimlich war. Womöglich hatte der Hacker die Abdeckung an der Stelle entfernt, um sich mit einem kurzen Blick vergewissern zu können, dass es sich bei ihr nach wie vor um einen Androiden handelte. Sam zumindest war nicht unglücklich über diese Versicherung. Schon mehr als einmal hatte er sich lange mit Boobie über Gott und die Welt unterhalten und dabei völlig vergessen, dass sie künstlich war.

Oben angekommen warf Sam sich auf das gammelige Sofa, welches an einer der nackten Wände des einfachen Raumes stand, der praktisch den ganzen Stock einnahm. Ihm gegenüber befand sich ein langer, tiefer Tisch mit unzähligen PCs und Bildschirmen, deren Surren die Luft konstant und, wie Sam wusste, ohne Unterbrechung erfüllte. Ein dunkelhäutiger Mann saß in einem abgenutzten Ledersessel vor den Maschinen. Er sah aus, als schliefe er, den Kopf auf die Brust gesunken und gleichmäßig atmend, die Arme lagen entspannt in seinem Schoß. Doch das Kabel, das von seiner ConnectGear zu einem der Computer führte, bestätigte Sam, dass der Mann sich tief im Cyberspace befand. Boobie setzte sich ebenfalls auf das Sofa und schmiegte sich an Sam.

»Was kann ich dir Gutes tun?«, schnurrte sie.

»Crunch, kannst du das sein lassen für heute?«

Seine Stimme verriet Ärger und Ungeduld, woraufhin die Schönheit neben ihm sich sofort aufrichtete und die Augen schloss. Ein Stöhnen vom Ledersessel her bestätigte, dass es wohl schon länger her war, seit der Kerl sich ausgeloggt hatte.

»Scheiße, Sam. Muss das sein?«, murrte er und stemmte sich aus dem Sessel.

»Sorry«, antwortete dieser nur und verfolgte seinen

Freund mit den Augen.

Crunch streckte sich und diverse Knochen knacksten. Die Rastas, allesamt in unterschiedlichen Neonfarben, klatschten gegen sein Gesicht, als er den Kopf schüttelte und sich sein Blick klärte. Mit einem Griff zum Kühlschrank, der neben dem Sofa stand, holte er zwei Dosen isotonischen Gesöffs heraus und warf Sam eine davon zu, bevor er sich auf der anderen Seite seines Roboters hinsetzte.

»Also, was ist los? Normalerweise macht dir Boobies Gesellschaft nichts aus.«

Er leckte sich über die Zähne, während er die Beine der lebensechten Frau neben sich streichelte.

»Heute nicht, Crunch. Ich hab Ärger. Gewaltigen Ärger.«

Das Gesicht des Mannes wurde sofort ernst.

»Wie gewaltig?«

»Ich hab eine Operation verbockt. Meine Patientin ist aufgewacht und abgehauen und ihr …« Er machte eine undeutliche Geste mit der Hand, »Boss. Lover. Halbbruder. Was weiß ich … legt mich um, wenn ich sie nicht wieder finde.«

»Echt jetzt?« Crunchs Augen weiteten sich und seine Lippen zuckten mehr amüsiert als besorgt. »Aufgewacht? Wie hast du das hingekriegt?«

»Unwichtig.«

Sam stand auf und begann vor dem Sofa auf und ab zu gehen.

»Warum bist du hier?«, fragte Crunch nach einer Weile und Sam verharrte.

»Du bist mein bester Freund«, sagte Sam in einem selbsterklärenden Ton.

»Falsch. Ich bin dein einziger Freund. Aber was soll ich genau tun? Mit dir auf Verfolgungsjagd über den

Dächern von Zürich gehen?«

Sam kaute auf seiner Unterlippe herum, während er sich über den Schädel strich.

»Sie hat meine Knarre und mein Telefon«, antwortete er schlussendlich.

Crunchs Gesichtszüge erhellten sich. Er sprang auf die Füße und klatschte in die Hände.

»Fantastisch.«

Mit zwei Sprüngen war er bei seinem Computer und tippte auf der Tastatur herum.

»Das Telefon hast du von mir, oder?«

»Ja«, sagte Sam knirschend, als ihm klar wurde, dass er mit seiner Vermutung richtig gelegen hatte. »Du kannst es verfolgen, oder?«

Crunch grinste.

»Klar. Ich kann alles Gear tracken, das mal durch meine Hände ging.« Er bedachte Sam mit einem fragenden Seitenblick. »Du scheinst nicht überrascht.«

»Nicht wirklich«, sagte er seufzend und beugte sich zum Bildschirm herab.

»Das dauert einen kurzen Moment.«

Crunch öffnete eine der Schubladen im Korpus unter dem Schreibtisch und warf Sam ein Telefon zu. Es sah wie sein altes Gerät aus, wies aber weniger Gebrauchsspuren auf.

»Du brauchst schließlich was, um ihre Bewegungen zu verfolgen, wenn du unterwegs bist«, erklärte Crunch. »Und hier.« Überrascht ergriff Sam die Pistole, die ihm entgegengehalten wurde. »Nur so zur Sicherheit.« Der Hacker zwinkerte und wandte sich wieder dem Bildschirm zu. »Komm schon, Süße. Wo steckst du?«

Auf einmal erschien ein roter blinkender Punkt auf der Karte auf dem Bildschirm.

»Bingo!«, murmelte Crunch und zoomte näher. »Offenbar in Richtung Kreis Eins unterwegs. Hält zurzeit zumindest auf den alten Hauptbahnhof zu.«

Sam spürte, dass das Zittern in seiner Hand wieder zunahm und streckte die Finger durch.

»Fahren da irgendwelche Linien?«

Sam kam nicht viel herum und wenn er weitere Strecken in der Stadt zurücklegte, benutzte er ein Taxi. Crunch rief eine andere Seite auf und setzte ein paar Anfragen ab.

»Nur Fernverkehr vom Bahnhof selbst.«

»Scheiße. Dann krieg ich sie nie.«

Mit den Worten hatte er sich bereits umgedreht und sprintete zur Treppe.

»Ich schick dir die Daten aufs Phone weiter. Viel Glück, Sammy-Boy.«

Wie versprochen erhielt Sam die Positionsdaten in Echtzeit auf sein neues Telefon. Die Frau war tatsächlich zum Bahnhof gelangt und offenbar zu Fuß unterwegs. Zumindest gelang es Sam sie einzuholen, indem er ein Taxi nahm. Als er vor der weitläufigen Halle des größtenteils verlassenen Hauptbahnhofs stand, spürte er, wie er stärker atmete. Adrenalin pumpte in immer größeren Schüben durch seine Venen, aber es reichte nicht aus, um seine Angst gänzlich zu überdecken. Sara, oder wie auch immer sie hieß, hatte seine Waffe gestohlen und sollte sie handgreiflich werden, hätte Sam keine Chance gegen sie.

Mit einem Blick auf das Display versicherte er sich, dass sie nicht vorhatte, einen der Züge zu besteigen. Sie war an den Gleisen vorbei und weiter in die Halle hineingelaufen.

Sam atmete tief durch, ballte die Hände noch einmal zu Fäusten und trat dann mit gezogener Waffe durch das große seitliche Eingangstor. Schummriges Licht erfüllte die verlassene Halle und die alten Ticketautomaten mit eingeschlagenen Displays sowie die zerbrochenen Überreste einer gewaltigen blauen Engelskulptur in einer Ecke sorgten für ein unheimliches Ambiente. Eilige Schritte hallten und er erblickte sofort die einzelne Gestalt, die mitten durch den Raum rannte. Er setzte ihr nach, bis er erkannte, dass er sie nicht einholen würde.

»Hey!«, rief er und richtete den Revolver auf ihren Rücken.

Seine Stimme schallte von den kahlen Wänden wider und vervielfältigte sich. Sie blieb abrupt stehen. Langsam drehte sie sich um und hob die Arme, bis der Lauf seiner eigenen Waffe gegen ihn gerichtet war. Ihre Miene war hart. Nur ab und zu zuckten die Mundwinkel nach unten. Das Auge, welches Sam ihr eingesetzt hatte, war unter einem Schopf rotem Haar verborgen. Sams Gedanken rasten, während er sich überlegte, was er tun sollte.

»Ich werde dir nichts tun, okay?«

Erst jetzt fiel Sam die Kleidung auf, die die Frau trug. Ein viel zu enges Shirt umspannte ihren Oberkörper und die durchtrainierten Beine steckten in knappen blauen Shorts. Seine Ex-Freundin hatte die Klamotten bei ihm liegen gelassen, nachdem sie mit ihm Schluss gemacht hatte und sie lagen bisher in einem der Medizinschränke.

»Du verschwindest besser«, rief sie ihm zu und entsicherte die Waffe.

Mit einer Kopfbewegung streifte sie die Haare aus ihrem Gesicht und Sams Arme wurden so schwach, dass er die Pistole sinken ließ. Das künstliche Auge hatte sich aus der Augenhöhle gelöst und wurde nur von einigen Kabeln an Ort und Stelle gehalten.

»Oh Gott«, flüsterte Sam und machte einen Schritt

auf sie zu.

Ein Knall ertönte und etwas schlug vor seinen Füßen ein. Mit einem Schrei sprang Sam zurück und blickte panisch auf die Frau mit der abgefeuerten Waffe.

»Noch einen Schritt und ich ziele zwischen deine Augen.«

Mit langsamen Bewegungen verstaute er Crunchs Knarre in seinem Hosenbund und hob die Hände.

»Ich muss mir dein Auge ansehen. Bitte.«

Für einen Moment entglitt ihr die Fassung und er las Furcht und Schmerz in ihren Gesichtszügen.

Dann erschallte ein weiterer Schuss und die Frau und Sam zuckten gleichermaßen zusammen. Der Knall war in der leeren Halle ohrenbetäubend.

»Pure!«, rief eine Stimme von irgendwo über ihnen. »Du bist umstellt. Leg die Waffe auf den Boden und dir geschieht nichts.«

Noch während Sam versuchte herauszufinden, wo der Sprecher genau stand, war seine Patientin zu ihm hinübergespurtet, hatte ihren Arm um seinen Hals und die Waffe an seinen Schädel gelegt.

»Shit«, entfuhr es ihm, doch er blieb ruhig stehen.

Sie zerrte ihn einen halben Schritt nach hinten, in dem Moment, als sich eine weitere Kugel vor seinen Füßen in den Beton fraß. Sams Herz stand einen Augenblick still, da wurde ihm klar, dass diese Patrone für ihn bestimmt gewesen war.

Die Frau riss ihn ein weiteres Mal mit sich. Er fügte sich bereitwillig und ließ zu, dass sie ihn von der Mitte der Halle weg zum Rand stieß. Hinter ihnen gellten Schüsse. Der Griff um seinen Hals löste sich und eine Waffe wurde in nächster Nähe abgefeuert. Erst als die Fassaden der verlassenen Läden am Rand der Bahnhofshalle näher kamen, erkannte Sam ihren Plan und riss rechtzeitig die Hände vor sein Gesicht. Klirrend barst das Schaufenster, als die beiden hindurchstürzten. Feine Splitter fraßen sich in Sams Gliedmaßen und er traute sich nicht die Augen zu öffnen in der Angst, Glasstaub könnte hineingeraten. Mit einem dumpfen Aufschrei landete er auf dem Boden und sog sofort scharf Luft ein, als weitere Splitter in seinen Körper drangen. Die Luft presste aus seinen Lungen und er spürte ein Gewicht auf seinem Rücken, das ihm verbot sich zu regen. Automatisch zog er die Arme unter seinem Gesicht hervor und verschränkte sie trotz starker Schmerzen über seinem Schädel.

Dann brach die Hölle los. Über ihm gellten Schüsse. Sam konnte nicht mitzählen wie viele, aber jeder einzelne war so laut, dass sein Trommelfell zu reißen drohte. Vor seinen krampfhaft zusammengekniffenen Augen tanzten Lichter und mit jedem Atemzug verlangte sein Körper nach mehr Luft. Luft, die er nicht bieten konnte. Dann verschwand auf einmal der Druck auf seinem Rücken und Sam stützte sich automatisch auf die Unterarme, um den Kopf zu heben und tief einzuatmen. Doch kaum hatte er einen ersten Zug getan, kratzte es in seinem Hals und er krümmte sich hustend zusammen. Starke Hände umfassten seine Schultern und zogen ihn auf die Beine. Erst jetzt bemerkte er, dass das Schallen seiner Ohren einzig vom Widerhall des Schusswechsels herrührte und keine weiteren Waffen abgefeuert wurden.

Die Hände schoben ihn vorwärts, tiefer in den Laden hinein. Sam strauchelte voran, stützte sich am Tresen ab und räumte dabei diverse leere Gestelle ab. Die Lichter vor seinen Augen erloschen und er konzentrierte sich darauf, wohin er die Füße setzte. In wenigen Sekunden hatte er sich orientiert und die Tür am anderen Ende des Raumes anvisiert. Die Hände an seinen Schultern verschwanden. In dem Moment krachte ein erneuter Schuss hinter ihm, der Sam zusammenzucken und beinahe in die Knie gehen ließ. Er fasste nach dem nächstbesten Halt, stieß sich einmal vom Boden ab und rannte los. Bei der Tür angekommen, betätigte er die Klinke. Nichts rührte sich. Er versuchte es mit verzweifelter Gewalt, doch die Tür blieb abgeschlossen. Da packte es ihn erneut an der Schulter und warf ihn gegen die Wand daneben. Keuchend beobachtete Sam, wie die Frau, in beiden Händen eine Pistole, die eine davon aufhob und damit auf die Tür feuerte. Der Schuss drang nur von weit weg an seine Ohren, in denen es immer noch kirchglockengleich schallte. Mit einem Tritt gab die Tür nach und seine Patientin schob ihn hindurch.

Nun lag die Bahnhofshalle hinter ihm. Vor ihm brauste der Verkehr einer größeren Straße vorüber. Taxipods, Luftkissentrams und einige Privatvehikel bildeten für Fußgänger ein unüberwindbares Hindernis. Sam überlegte nicht lange und wandte sich nach rechts, entlang der Außenwand des Bahnhofs, weg vom Verkehr, sodass sich ihm schließlich die Möglichkeit bot, in eine kleinere Gasse einzubiegen. Da lag die gebieterische Hand bereits wieder auf seiner Schulter und steuerte ihn mit groben Stößen in die eine oder andere Richtung. Sam war es gleichgültig, Hauptsache fort vom Ort des Schusswechsels. Die Orientierung fehlte ihm nach kurzer Zeit völlig und er setzte nur noch einen Fuß vor den anderen.

Schlussendlich konnte er nicht mehr. Seine Lunge drohte zu bersten. Der Schmerz in seinem Knie und an den Armen weckte schwarze Punkte vor seinen Augen. Er lehnte sich gegen die nächste Wand und sank zu Boden. Zwar rechnete er damit, sofort wieder auf die

Beine gezogen zu werden, doch es ging nicht anders.

Nachdem er fünf tiefe Atemzüge genommen hatte und der Schmerz langsam abflaute, hob Sam den Kopf. Sie befanden sich in einer Gasse, kaum breit genug für zwei Menschen nebeneinander. Neben ihm stand die rothaarige Frau, eine Waffe in jeder Hand. Sam fasste an den Hosenbund und wunderte sich kaum, dass seine Pistole fort war. Um ehrlich zu sein, kümmerte es ihn zurzeit wenig, da die Dame offensichtlich besser damit umzugehen wusste als er. Und sie hatte es bisher nicht darauf angelegt ihn umzubringen. Im Gegensatz zu den anderen, wer auch immer das sein mochte. Nach zwei weiteren Atemzügen kniete sie neben ihm und drückte seinen Kopf zur Seite.

»Was …«, begann er keuchend und verstummte, als er ihre Fingernägel in seiner Ohrmuschel spürte. Das Gefühl, als würde ein besonders zähes Pflaster von seiner Haut gerissen, jagte ein Zucken durch seinen Körper.

»Idiot«, zischte sie und erhob sich.

Sam befühlte die raue Stelle im Ohr und stemmte sich ebenfalls hoch, während er seine brennenden Arme ignorierte. Ein dünnes, hautfarbenes Plättchen, auf dem ein roter Punkt leuchtete, klemmte zwischen ihren Fingern. Ohne auf Sams ausgestreckte Hand zu achten, kniete sie sich hin, warf es zu Boden und zertrümmerte es mit dem Griff einer Pistole.

»Ein Tracker«, erklärte sie, als sie sich erhob.

»Bin nicht der Einzige«, murmelte Sam und begann die größeren Glassplitter aus seinem Unterarm zu ziehen.

Auf einmal hielt sie sein Handy in der Hand und verfuhr damit auf dieselbe Weise, wie mit dem Verfolgungssensor.

»Hätte ich wissen müssen«, zischte sie.

Dann richtete sie die Waffe auf Sams Gesicht und sein Herz setzte einen Schlag aus.

»Wer bist du und was willst du?«

»Samuel Meyer. Ich bin Arzt«, presste er zwischen seinen Zähnen hervor, während er vorsichtig die Hände hob. »Ich hatte den Auftrag für dein Modding.«

Im Bruchteil einer Sekunde wurde er gegen die Wand gedrückt, die Waffe an der Schläfe und starke Finger an der Kehle.

»Du warst das!«, fuhr sie ihn an, wischte mit einer Kopfbewegung die Haare zur Seite und entblößte das Cyberauge. Kälte breitete sich in Sam aus, als er die lockeren Schrauben, die ineinander verworrenen Drähte und die herausgerissenen Stellen in ihrer Haut betrachtete.

»Bitte«, krächzte er. »Ich muss mir das ansehen. Ich kann das richten.«

Ihre Augen huschten über sein Gesicht und ihre Augenbrauen zogen sich eng zusammen.

»Du kannst?«, fragte sie gepresst, doch Sam konnte das Zittern in ihrer Stimme hören.

Sein Nicken unter ihrem Griff scheiterte, aber sie schien zu verstehen, denn sie löste sich von ihm, ohne die Waffe von seinem Gesicht zu nehmen. Mit der freien Hand holte sie etwas hervor, das sie in die Shorts gequetscht hatte. Sam erkannte die handliche, durchsichtige Box mit integrierter Kühlung und ihm wurde schwindlig. Als er von seinem Labor aufgebrochen war, hatte er andere Dinge im Kopf gehabt als das. In der Box lag ein menschlicher Augapfel. Sam presste die Lippen aufeinander und streckte die Hand nach der Box aus. Die Frau zog sie sofort zurück.

»Kannst du?«, fragte sie noch einmal energischer.

»Ja«, log Sam.

Er konnte das Schlamassel in Ordnung bringen, indem er seine Arbeit beendete. Das alte Auge wieder einzusetzen war allerdings unmöglich. Sam beschloss, dass es einen anderen Moment geben würde, ihr das zu erzählen. Die Waffe sank und sie verstaute die Box.

»Gut«, sagte Sam und entspannte sich ein wenig. »Lass uns gehen.«

Mit einem Blick nach links und rechts bemerkte er, dass er keine Ahnung hatte, wo er war.

»Wohin?«, fragte sie.

»Meine Praxis.«

»Auf keinen Fall.«

»Aber …«

»Nein!«, brachte sie hervor. »Bist du bescheuert, oder was? Deine Praxis ist genauso verwanzt, wie du es warst und mit großer Wahrscheinlichkeit auch umstellt.«

Der Knoten in seinem Magen, der sich etwas gelöst hatte, zog sich wieder zusammen. Natürlich wurde sein Zuhause überwacht. Als sich der erste Schock legte, musste er zugeben, dass es ihn nicht sonderlich überraschte. Vom Eindringen in seine Privatsphäre mal abgesehen, konnte es ihm aber eigentlich auch egal sein. Er musste sie zurückbringen und seine Arbeit beenden, dann würde der Japaner zurückkommen und alles wäre beim Alten. Während er seine Patientin betrachtete und sich in Erinnerung rief, wie sie alleine aus einer Schießerei herausgekommen war, wurde ihm jedoch schmerzhaft bewusst, dass die ganze Sache nicht so einfach war, wie er es sich ausmalte.

»Wie heißt du?«, fragte er, während er sich eine Lösung überlegte.

Sie musterte ihn von Kopf bis Fuß, bevor sie den Blick wieder auf die Dächer um sie herum richtete. Sam schauderte bei dem Gedanken, dass sie bald gefunden werden könnten und die Knallerei von vorne losging.

»Pure«, antwortete sie schließlich.

»Bist du eine Hackerin?«

Sam hätte sich selber eine Ohrfeige verpassen können. Er kannte diese Art von Spitznamen vor allem von den Leuten, mit denen sich Crunch abgab. Aber die Rothaarige entsprach in keiner Weise dieser Gattung Mensch, alleine durch die Tatsache, dass sie keinerlei Cyberware in sich trug. Als Antwort erhielt er einen Blick, der ihn zusammenzucken ließ.

»Sorry«, murmelte er, ohne genau zu wissen, wofür er sich entschuldigte. »Ich kenne einen anderen Ort, wo wir hin können. Er sollte sicher sein.«

»Dann los.«

Sie rannten für einen Moment kreuz und quer durch Seitengassen, bis Pure endlich entschied, dass es sicher genug war, auf eine der Hauptstraßen einzubiegen. Der Schmerz in Sams Bein war sofort zurückgekehrt, als sich seine Nerven etwas beruhigt hatten. Vom Pochen seiner blutenden Gliedmaßen mal ganz abgesehen. Während Pure die Straße inspizierte, lehnte er sich gegen eine Mauer und wünschte sich, seine Tabletten dabei zu haben.

»Wohin?«, wiederholte Pure und Sam winkte ein Taxi heran.

Das kompakte, rundliche Vehikel hielt vor ihren Füßen und eine Tür klappte nach oben. Er stieg ein und wartete, bis Pure folgte. Sie setzte sich neben ihn auf einen der Plastiksitze und ihre Hände verkrampften sich in ihrem Schoß. Ohne weiter darauf zu achten, teilte Sam die Zieladresse mit, die von einer künstlichen Stimme wiederholt wurde. Schon hatte sich das automatisierte Fahrzeug in den Verkehr eingefädelt.

»Alles in Ordnung?«, fragte Sam nach einer Weile, als er bemerkte, dass Pure grässlich angespannt war und ihr Blick unstet über die Einrichtung des Taxis schweifte. Auch sie blutete an allen erdenklichen Stellen, jedoch handelte es sich dabei ausschließlich um kleinere Schnitte, die mit etwas Desinfizieren versorgt sein würden. Sie nickte. Als sie an der genannten Ecke ankamen, hielt Sam seinen Daumen auf das Panel an der Tür und sah, wie ein vergleichsweise kleiner Betrag von seinem aufgestockten Konto abgebucht wurde. Die Tür schwang auf und er stieg aus. Pure blickte sich um, die Hände bereit an den Waffen. Sam überließ sie ihrer Paranoia und schob die schwere Tür ein zweites Mal für den heutigen Tag zur Seite, um seine Patientin dann hineinzuwinken. Sie trat langsam und aufmerksam durch die Spalte. Sam folgte ihr und schloss die Tür.

Als die LED-Leiste ansprang, erklang ein metallisches Klicken und Pure hatte sofort die beiden Waffen gezogen. Ohne zu überlegen, warf sich Sam zu Boden. Mit den Händen über dem Kopf rasten hunderte Gedanken durch seinen Schädel.

Woher kennen sie das Versteck?

Wie konnten sie vor uns hier sein?

Was ist mit Crunch?

Der Tracker, durchfuhr es ihn dann.

»Waffen weg, Süße«, sprach eine ihm bekannte Stimme. »Alles okay, Sam?«

Er wagte es, den Blick zu heben und entdeckte Boobie auf der Treppe, eine Knarre mit zwei langen Läufen in den Händen und auf Pure gerichtet. Diese hielt die beiden Pistolen immer noch erhoben.

»Scheiße, Crunch!«, stöhnte Sam und stand auf. »Hört auf, ihr beide.«

Der Droide senkte die Waffe als Erster. Pure folgte

nach einiger Zeit.

»Du siehst beschissen aus, Sammy-Boy.«

Sam ignorierte die Aussage und trat neben Boobie auf die Treppe.

»Verdammt, ist das eine alte Schrotflinte?«

»Nö. Nur optisch gemodded. Hübscher Retrotouch, nicht?«

Sie erwiderte Sams Augenrollen mit einem schelmischen Lächeln.

»Du hast sie also gefunden?«, fragte Boobie mit einem Nicken zu Pure.

»Ja, aber ich muss sie operieren und zwar so schnell wie möglich. Hast du ...« Er ließ sich die Einrichtung des Raumes über ihm durch den Kopf gehen. »Irgendwas?«

Ein erneutes Grinsen war die Antwort.

»Küche.«

»Küche?«

»Ja, dort findest du wohl, was du brauchst.«

»Du hast eine Küche?«

»Natürlich hab ich eine Küche.« Boobie verpasste ihm einen Klaps auf den Hintern, während sie kindisch kicherte. »Erdgeschoss.«

»Es gibt einen Raum im Erdgeschoss«, murmelte Sam mehr zu sich selbst, während er ihre Hand wegschob.

»Doc?«, erklang Pures Stimme und Sam bemerkte, dass sie das Zimmer offenbar bereits gefunden hatte. Direkt neben dem Eingang, auf der linken Seite stand eine Tür offen, deren Automatismus offensichtlich noch intakt war.

Dahinter befand sich tatsächlich eine Küche. Oder zumindest das, was einst eine solche gewesen sein musste.

Die eine Wand war bedeckt mit Waffen und aller Art von Gear. Tracker, Display Brillen, VR-Earplugs und verschiedene Interface Units waren die Dinge, die Sam auf den ersten Blick benennen konnte. In der Mitte stand ein metallener Tisch. Alles in allem war der ganze Raum sauber. Fast schon klinisch, besonders verglichen mit dem Rest der Bude.

»Irgendwo muss ich das Zeug ja aufbewahren«, säuselte Boobie. »Ich habe kein medizinisches Werkzeug, aber vielleicht kannst du mit dem alten Besteck was anfangen.«

Mit den Worten drehte sie sich um und trat auf die Tür zu.

»Boobie, warte«, entfuhr es Sam. »Ich befürchte, sie haben mich hierher verfolgt. Sie hat einen Tracker bei mir gefunden.«

Ein süffisantes Lächeln umspielte die Lippen der Androidin.

»Ein Geo-Tracker? Vergiss es. Die Gegend ist geflutet von GPS-Jammern. Im Umkreis von zehn Kilometern sendet hier kein Gerät irgendwelche Location-Daten irgendwohin.« Mit einem Zwinkern fügte sie hinzu: »Anästhetika findest du in den Schränken.« Dann war sie verschwunden.

Warum überraschte Sam die Tatsache nicht, dass Crunch Betäubungsmittel zu Hause lagerte? Ihm war stets klar gewesen, dass der Hacker irgendeine Art von Drogen konsumierte, so wenige Leute taten das heutzutage nicht. Bei dem Gedanken fuhr seine Hand automatisch zu seiner Manteltasche, in der er schmerzhaft die Tabletten vermisste, die er normalerweise einsteckte, wann immer er die Wohnung verließ. Bisher war Sam davon ausgegangen, dass Crunch sich den Kick im Cyberspace holte. Es existierten genügend Interfaces, durch die dem Körper ein Trip vorgegaukelt werden konnte, ohne irgendwelche chemischen Substanzen einzuwerfen. Sie machten nicht weniger abhängig, die Nebenwirkungen waren aber etwas geringer. Während Sam die Schränke durchsuchte, stellte sich Pure an den Tisch und berührte mit den Fingerspitzen die kühle Fläche. Sam musterte sie aus dem Augenwinkel und erkannte die erneuten Anzeichen von Nervosität. Sie atmete schwer durch die Nase und ihre Mundwinkel zuckten.

»Keine Sorge«, versuchte er sie zu beruhigen. »Es wird alles gut.«

Als die Worte draußen waren, merkte er erst, dass er sich anhörte, als spräche er zu einem Kleinkind. Pure schien ihn nicht gehört zu haben oder ignorierte den Tonfall. Sie setzte sich zuerst auf den Tisch und legte sich dann hin. Als Erstes befreite Sam sich selbst von allen Scherben und reinigte die unzähligen Schnitte. Er war glimpflich davon gekommen und würde sich die nächsten Tage bloß mit brennenden Stellen rumschlagen müssen. Das Gleiche vollzog er bei Pure, bevor er sich um den Schlamassel in ihrem Gesicht kümmerte. Für die letzten Schritte, um das Auge fertigzustellen, benötigte er glücklicherweise keine speziellen medizinischen Geräte.

Die Medikamente lagen in einem der halbleeren Schränke und daneben fand Sam auch mehrere Spritzen. Mit einigen Berechnungen im Hinterkopf schätzte er die Menge an Sedativum und Schmerzmittel ab, bevor er eine der Kanülen damit füllte.

Als er über Pure stand, zögerte er einen Moment.

»Du schlägst mich nicht, oder?«, fragte er und konnte das Schwanken seiner Stimme nicht verhindern.

Sie verdrehte die Augen.

»Ich hab's nicht vor.«

Sam atmete tief durch und versenkte die Nadel in der Innenseite ihres Ellenbogens.

»Wenn du das hier verbockst, bring ich dich einfach um.«

Ihre Stimme war bereits zu einem Murmeln abgesunken, was ihrer Aussage die Drohung jedoch nicht nahm.

War das ein Scherz?

Pure machte auf ihn nicht den Eindruck, häufig Witze zu reißen. Sam räusperte sich verlegen und beschloss, keinen Gedanken an den Ausgang dieser Geschichte zu verschwenden, sondern sich auf seine Arbeit zu konzentrieren. Er öffnete die Schubladen und fand einige Gegenstände, die er als Werkzeug verwenden konnte. Glücklicherweise befanden sich neben den Anästhetika auch Desinfektionsmittel in den Schränken. Mit dem Werkzeug gelang es ihm, die Schrauben anzuziehen und gewisse Kabel neu zu verdrahten. Die größte Schwierigkeit bestand darin, die ausgerissenen Teile erneut an Haut und Schädel zu befestigen. Ein schönes Werk würde es nicht werden, doch das war zweitrangig. Hauptsache, sie konnte am Ende normal sehen.

»Warum schlafe ich nicht?«, fragte Pure nach einer Weile schleppend.

»Ich brauche dich bei Bewusstsein, darum hast du kein Narkotikum gekriegt.«

»Warum?«

»Weil du mir später einige Fragen beantworten musst.«

»Du setzt mir mein Auge ein, während ich wach bin?«

Sie nuschelte und betonte ihre Worte völlig falsch, sodass Sam sich zurückhalten musste, einen Kommentar über den Grad ihres Wachzustandes abzugeben.

»Pure?«

»Ja, Sam?«

»Dein Auge ist tot. Ich kann es nicht wieder einsetzen.«

»Tot?«

»Ja.«

»Scheiße.«

Der Fluch kam nur halbherzig über ihre Lippen und Sam fragte sich, ob sie wirklich verstanden hatte, was er ihr mitgeteilt hatte.

»Ich sorge jetzt dafür, dass das Auge hier korrekt funktioniert, klar?«

Sie schwieg, rollte aber den Kopf hin und her. Er umfasste ihn und hielt ihn an Ort und Stelle. Nach einer Weile fasste er nach seiner Jacke, die er ausgezogen hatte und bettete sie um ihr Gesicht.

»Du musst mit mir sprechen, Pure. Wenn du einschläfst, kann ich meine Arbeit nicht beenden, verstehst du das?«

»Hm. Was soll ich sagen?«

»Keine Ahnung. Erzähl mir was über dich.«

»Gibt's nicht viel.«

»Okay, dann fang ich an. Ich bin Samuel Meyer, Arzt. Mir wurde eine Menge Kohle versprochen, wenn ich die Arbeit mit dir gut mache und ich habe vor genau das zu tun. Du bist dran.«

Das plötzliche Kichern verschreckte Sam beinahe ein wenig. Doch er nahm es mit einem Grinsen hin und arbeitete weiter. Leute reagierten eben auf unterschiedliche Weise auf Narkosemittel.

»Ich bin Pure, Killerin.« Der Rest verlor sich in unverständlichem Gemurmel.

Sam verharrte in der Bewegung und sog scharf Luft

ein.

Killerin.

Sein Kopf erhielt nicht die Gelegenheit, diese Information zu verarbeiten, denn Pure brabbelte bereits weiter. »Geld. Vergiss es.«

Mit einem weiteren tiefen Durchatmen setzte Sam das improvisierte Werkzeug wieder an. Besser sich nicht ablenken zu lassen. Er konnte sich später mit diesen neuen Tatsachen auseinandersetzen.

»Warum sollte ich?«, fragte er.

»Die bringen dich eh um.«

Nun landete das Besteck mit einem Klappern auf dem Metalltisch.

»Was? Wer?«

»Mein Boss. Hätten dich vorhin im Bahnhof schon abgeknallt. Unwichtig.«

Sam ballte die Fäuste und streckte dann die Finger. Als er sie dazu aufgefordert hatte etwas zu erzählen, hatte er es nicht auf solche Geschichten angelegt.

Verdammt.

Dennoch musste er jetzt dieses Auge richten. Wenn ihm nicht einmal das gelang, zweifelte er nicht daran, dass sie ihren Scherz von vorhin wahr machen würde.

Er griff abermals nach dem Besteck und beugte sich über sie.

»Was ist unwichtig?«, versuchte er das Gespräch wieder in Gang zu bringen.

»Du.«

Tief durchatmen, Sam.

»Stimmt«, antwortete er und hoffte das Thema verlassen zu können. »Aber du bist wichtig?«

Ein Grunzen drang aus ihrer Kehle.

»Ja. Wichtig für den Boss. Wichtig für den Job.«

»Was für ein Job?«

Wieder verharrte er kurz, während er sich auf die Lippen biss.

Bescheuerte Frage, Sam. Nimm sie zurück.

Er konnte nur hoffen, dass sie ihm nichts erzählte, wofür sie ihn später umbringen musste. Doch das Später hatte er so oder so in die hinterste Ecke seines Verstandes geschoben.

»Delikat«, lautete die knappe, aber langgezogene Antwort.

Ein weiteres Mal tief durchatmen.

»Okay, Pure. Ich bin soweit fertig. Das Auge ist jetzt fest verankert in deinem Schädel und es sollte nicht mehr ausreißen.«

Ein seliges Lächeln trat auf ihre Lippen und Sam fragte sich, ob es das erste Mal war, dass die Frau Betäubungsmittel verabreicht bekam. Ihrer Krankenakte nach zu urteilen, wäre dies durchaus möglich.

»Ich stell dir jetzt ein paar Fragen, während ich die Feineinstellungen vornehme. Okay?«

»Okay.«

Er legte die Hand über das künstliche Auge.

»Halte dein linkes Auge geöffnet und sage mir, wenn du ein scharfes Bild hast.«

»Hmh.«

Das war wohl eine Bestätigung. Er nahm die Hand weg.

»Gut. Kannst du etwas sehen? Mit dem rechten Auge?«

»Verschwommen.«

Sam benutzte eine dünne Nadel, um an gewisse Stellen im Metall heranzukommen.

»Besser?«

»Nein.«

Der Vorgang wiederholte sich einige Male und Pures

Antworten wurde mit der Zeit immer gelangweilter.

»Hey. Jetzt.« Ihre Miene erhellte sich. »Alles scharf.«

Sam lehnte sich zurück und strich sich mit dem Arm die Schweißperlen von der Stirn.

»In Ordnung. Dann beende ich das Ganze jetzt. Du kannst einschlafen, wenn du magst.«

Sam entschloss sich dazu, ihr noch etwas von dem Sedativum zu verabreichen, damit er sicher sein konnte, dass sie schlief. Zum einen brauchte ihr Körper eine Pause und zum anderen konnte er die Ruhe gebrauchen, um seinen Kopf freizukriegen. Er schloss die Abdeckung des Auges und wischte Pures Gesicht sauber. Dann erhob er sich und öffnete die Tür.

»Boobie?«

»Sammy-Boy?«, lautete die Antwort von oben.

»Kommst du mal?«

Als sie in der Küche stand, deutete Sam auf Pure.

»Kannst du sie auf das Sofa oben betten oder so? Irgendwo wo's bequemer ist?«

Boobie legte den Kopf schräg und lächelte.

»Klar doch.«

Ohne Anzeichen von Anstrengung hob sie die Patientin hoch und trug sie aus dem Raum.

»Was ist mit dir?«

»Ich räum hier noch auf.«

Als die Tür zuglitt und Sam alleine war, konnte er sich ein heiseres Lachen nicht verkneifen. Die Sache war zu verrückt. Hatte er tatsächlich mit einer halbnarkotisierten Auftragsmörderin darüber geredet, dass ihr Boss ihn aus dem Weg schaffen wollte?

Eine plötzliche Schläfrigkeit überkam ihn und der Schmerz in seinem Bein begann wieder zu pulsieren. Er zog einen Hocker an den Tisch heran und bettete den Kopf auf seine Arme. Fünf Minuten die Gedanken ruhen lassen, danach würde er sich um das Chaos kümmern.

4. KAPITEL

Brennende Kopfschmerzen weckten Sam. Stöhnend rieb er seine Stirn mit den Unterarmen und kniff die Augen zusammen. Durst kratzte in seiner trockenen Kehle und als er sich aufrichtete, spürte er jeden Knochen in seinem Körper.

»Oh Mann«, fluchte er, während er sich zum Wasserhahn schleppte und trank. Kaum hatte er das Wasser abgedreht, machte sich ein flaues Gefühl in seinem Magen breit. Er streckte sich, doch der Schmerz in seinen Muskeln verschwand nicht und die Kopfschmerzen nahmen zu. Er kannte dieses Gefühl nur zu gut. Automatisch griff er in einen der Schränke und rügte sich selber, als er sich daran erinnerte, nicht in seiner Praxis zu sein. Niedergeschlagen starrte er den Inhalt des Schrankes an. Offenbar diente er als Abfalllager für Elektroschrott.

Das Ziehen in Sams Fingern setzte wieder ein und er knallte die Tür des Schrankes zu. Hastig öffnete er den Schrank, in dem die Narkosemittel gelegen hatten. Er zog den Hocker heran und stellte sich drauf, um die oberen Regale abzutasten.

Wenn Crunch Narkotika hier hatte, musste er auch irgendwo Schmerzmittel versteckt halten, oder nicht?

Als er nicht auf Anhieb fand, was er suchte, kochte die Wut in ihm hoch. Sein Hals verengte sich und Tränen traten in seine Augen. Mit einem Schrei räumte er das ganze Regalbrett ab und zuckte zusammen, als die Ware auf dem Boden aufschlug und Glas zerschellte. Er verfuhr so mit jedem Schrank und jeder Schublade, die er fand, bis eine Gestalt in seinem Augenwinkel seine Aufmerksamkeit auf sich zog. Schwer atmend verharrte er und wandte den Blick zur Tür. Pure lehnte gegen den Eingang und musterte ihn.

»Was ist denn mit dir los?«, fragte sie schließlich und deutete auf das Chaos.

Sam fuhr sich über die schweißnasse Glatze und biss sich auf die Lippen. Es war lange her, seit er einen solchen Anfall durchlebt hatte. Aber es war auch lange her, seit er vergessen hatte, seine Medikamente einzupacken.

»Hm?«, fragte er als er bemerkte, dass Pure weitergesprochen hatte.

»Ich sagte, du siehst scheiße aus.«

Sam wiegte den Kopf und lachte nervös.

»Besser?«, fragte Pure, doch Sorge fand sich in ihrer Stimme nicht.

Er nickte bloß und lehnte sich gegen die Tischplatte.

»Gut.«

Mit zwei großen Schritten bewegte sich Pure auf ihn zu, packte ihn an den Schultern und warf ihn auf den Tisch. Mit einem dumpfen Laut krachte sein Hinterkopf auf das Metall, sodass schwarze Punkte vor seinen Augen erschienen. Eine Hand legte sich um seinen Hals und drückte zu. Sam versuchte sie wegzustoßen, aber der Griff war eisern.

»Was hast du getan?« Ihr Gesicht war wutverzerrt und sie deutete mit ihrer freien Hand auf die Cyberprothese in ihrer Augenhöhle. »Du solltest mein altes Auge einsetzen.«

Sam würgte einige Worte hervor, doch er produzierte nur gequälte Laute. Seine Augen flackerten aufgrund der unterdrückten Sauerstoffzufuhr zu seinem Gehirn. Er tastete nach seinem Hals und umklammerte ihr Handgelenk, woraufhin sich der Griff etwas löste. Luft strömte durch seine Lungen und er blinzelte mehrere Male, um seinen Blick zu klären, dann hob er beschwichtigend die Arme.

»Ich hab's dir erklärt. Dein Auge konnte ich nicht wieder einsetzen. Als ich es herausnahm, rechnete ich nicht damit, die Operation rückgängig machen zu müssen. Ich habe es zu sehr verletzt.« Die Worte sprudelten aus ihm heraus.

»Das heißt, es gibt keine Chance?« Die Wut war auf einmal einer Unsicherheit gewichen und Sam fragte sich, ob Angst dahinter steckte. Langsam schüttelte er den Kopf.

»Hey, Finger weg!« Boobies Stimme schallte von den Metallwänden wider, als sie auf einmal im Eingang erschien.

Pures Muskeln spannten sich und der eiserne Ausdruck kehrte zurück in ihr Gesicht.

»Schon gut, Boobie. Alles okay.«

Sam versuchte Pures Blick einzufangen und zog fragend die Augenbrauen hoch. Sie schnaubte und ließ ihn los. Mit einem Räuspern setzte er sich auf und massierte seinen Hals.

»Lasst uns nach oben gehen«, schlug er dann vor und rutschte vom Tisch.

Während er die Treppe hinaufstieg, spürte er, wie das Blut immer noch in seinen Ohren rauschte. Sein Herz raste, aber die Spannung in seinen Fingern und die Kopfschmerzen hatten nachgelassen. Er machte sich nichts vor und wusste, dass beides zurückkehren würde, sobald der Adrenalinschub nachließ. Er warf sich aufs Sofa, auf dem eine zusammengeknüllte Wolldecke lag. Nachdem sich Boobie an die Wand neben den Computern gelehnt hatte, regte sich Crunch mit dem bekannten Stöhnen und Knacksen seiner Knochen. Er hatte die Kabel entfernt und den Stuhl umgedreht, als Pure ebenfalls auf dem Sofa Platz nahm. Ihre Miene war ruhig, beinahe nachdenklich. Sam entging nicht, dass sie überdurchschnittlich oft mit ihrem falschen Auge zwinkerte.

»Du gewöhnst dich daran«, versuchte er sie zu beruhigen und erntete einen eiskalten Blick.

»Also meine Turteltauben«, begann Crunch, als er sich auf die Beine gestemmt hatte. »Was läuft hier jetzt genau?«

Pures Blick huschte zwischen dem Androiden und dem Hacker hin und her.

»Keine wirkliche Verbesserung«, murmelte sie.

»Charmant«, erwiderte Crunch, doch ein Grinsen trat in sein Gesicht. »Ich mag das Mädchen«, fügte er an Sam gewandt hinzu, bevor er sich zum Kühlschrank beugte. Er warf den beiden sein übliches Gesöff zu und pflanzte sich dann vor sie.

»Also?«

»Sie ist eine Killerin und ich bin tot, sobald das Ganze vorbei ist«, platzte es aus Sam heraus.

Pures Kopf schnellte mit aufgerissenen Augen in seine Richtung. Die wenigen Sekunden, die vergingen, streckten sich zu einer Ewigkeit. Dann bröckelte Pures Fassade und sie ließ mit einem Stöhnen den Kopf nach hinten sinken.

»Das war echt, was? Scheiße, ich dachte, ich hätte es geträumt.«

Sam biss sich auf die Unterlippe.

»Unser Gespräch hat stattgefunden, ja. Du warst im Delirium.«

Eine Weile lang herrschte betretenes Schweigen, dann richtete sich Pure wieder auf.

»Hast du vielleicht anständige Klamotten hier?«, fragte sie Crunch.

»Klar.« Er nickte zu einem Haufen Stoff in einer Ecke des Raumes. »Nicht gerade frisch gewaschen, aber ich schwitze nicht viel.«

Sein schiefes Lächeln war keinesfalls beruhigend, aber Pure stand auf und trat zu dem Haufen hin. Als sie sich wieder auf das Sofa warf, trug sie eine Jeans, die erstaunlich gut um ihre muskulösen Oberschenkel saß und ein etwas zu großes, verwaschenes T-Shirt.

»Hör zu«, sagte sie dann. »Was ich gesagt habe, ist die Wahrheit. Der Bluthund knallt dich ab, sobald du von keinem Nutzen mehr für ihn bist. Er kann keine unnötigen Zeugen gebrauchen.«

»Der Bluthund?«

»Du hast ihn sicherlich schon kennengelernt. Asiate, schweigsamer Zeitgenosse. Je nach Laune, zumindest.«

Sam erinnerte sich an die Schreie des Japaners in seinen Ohren und kam zum Schluss, ihn wohl in einer seiner besagten Launen getroffen zu haben.

»Dein Boss?«

Pure schnaubte.

»Bewahre, nein. Seine rechte Hand.«

»Zeugen wovon?«, fragte Crunch.

Pure verdrehte die Augen und schüttelte den Kopf.

»Ihr Auftrag ist delikat«, zitierte Sam mit einem gewissen Sarkasmus in der Stimme.

Ihr Blick jagte ein Schaudern über seinen Rücken.

»Also, was jetzt?«, fragte Crunch ein weiteres Mal.

»Jetzt«, antwortete Pure, »verziehe ich mich.«

Mit den Worten erhob sie sich vom Sofa.

»Was?«, war alles, das Sam rausbrachte.

»Ich – verziehe – mich.« Sie legte eine besondere Betonung auf jede Silbe.

»Du kannst nicht abhauen. Ich muss dich fertigstellen.« Als die Worte seinen Mund verlassen hatten, presste Sam die Zähne zusammen und fluchte innerlich. »Ich meine ...«

Pures Hand an seinem Kragen unterbrach ihn.

»Es gibt nichts fertigzustellen«, zischte sie. »Du hast genug angerichtet.«

»Seltsam«, erklang Crunchs Stimme und sie ließ von ihm ab. »Eine Killerin, hm? Ohne ein Stück Cyberware im Körper? Warum?«

Pure schürzte die Lippen und funkelte ihn an. »Weil ich es nicht brauche.«

»Dein Boss scheint da anderer Meinung zu sein.«

Bevor Pure zu einer Antwort ansetzen konnte, fuhr Sam dazwischen. »Dann ging diese Operation gegen deinen Willen?«

»Das solltest du wohl langsam kapiert haben.«

Mit den Worten drehte sie ihm den Rücken zu und marschierte zur Treppe.

Crunch rollte mit den Augen.

»Da hast du dir ein ganz schönes Problem geangelt, mein Bester.«

Das brauchte er Sam nicht zu sagen. Fluchend sprang der Arzt auf die Füße und rannte die Stufen hinunter. Er erwischte Pure, als sie die Tür zur Küche öffnete und packte sie am Arm.

»Du kannst mich nicht einfach hängen lassen«, zischte er und erntete ein spöttisches Lachen.

»Hängen lassen? Seit wann spielen wir im selben Team, Doc?«

Er ließ sie los und warf die Hände in die Luft.

»Was willst du jetzt tun, Pure? Einfach zurück ins Büro deines Bosses marschieren, als wäre nichts gewesen? Die haben auf dich geschossen!«

»Falsch«, sagte sie und trat auf die Wand mit den Waffen zu. »Sie haben auf dich geschossen. Mich brauchen sie noch.«

»Du bist abgehauen, verflucht! Sie haben dich betäubt, um dich gegen deinen Willen zu modden. Denkst du, die nehmen dich einfach so zurück?«

Pure atmete tief durch und drehte sich dann zu ihm um, mit einem Gewehr in den Händen.

»Genau das werden sie tun. Sobald ich ihnen bewiesen habe, dass ich auch ohne dieses künstliche Zeug nach wie vor die Beste bin. Hier liegt irgendwo ein Missverständnis vor.«

Mit der geschulterten Waffe drängte sie an Sam vorbei.

»Und dein Auge?«, startete er einen letzten Versuch.

»Was soll damit sein? Du hast doch gesagt, es sei ohnehin verloren.«

»Ja, aber die Operation verlief nicht ohne Komplikationen. Gut möglich, dass es sich entzündet und wenn ich nicht da bin, kann es sein, dass es dein anderes Auge angreift.«

Nun verharrte sie in ihrem Schritt und ihre Schultern spannten sich.

»Alles schon passiert«, bluffte Sam und hoffte, sie würde seine Lüge nicht entlarven.

»Du verarschst mich«, sagte sie, doch ihre Anspannung blieb.

»Lass es drauf ankommen.«

»Wofür seid ihr Ärzte eigentlich da, wenn ihr nichts auf die Reihe kriegt?«

Er verbiss sich einen Kommentar und kreuzte die Finger in seiner Jackentasche. Wer solche Angst davor hatte, sein echtes Auge zu verlieren, der würde nicht das Risiko eingehen zu erblinden.

»Na schön«, sagte sie schlussendlich. »Aber ich bleibe auf keinen Fall hier.«

Schon hatte sie die Küche verlassen und schob die Eingangstür zur Seite. Sam folgte ihr, da klingelte sein

Telefon mit einer anonymen Nummer.

»Sorg einfach dafür, dass sie das Baby nach eurem Date wieder nach Hause bringt, klar?«

Sam seufzte und rieb sich den Nacken.

»Ich versuch's, Crunch. Auch wenn ich mich frage, warum du überhaupt ein Waffenarsenal im Erdgeschoss hast.«

Ein irres Kichern erklang am anderen Ende.

»Naja. Wenn ein Hacker abnibbelt, während er angehängt ist, merkt man das. Und seine Position zu bestimmen, ist dann nicht mehr allzu schwer. Ab und zu gibt's halt einen Hausbesuch, um zu sehen, was da für Schätze rumliegen. Ich hab den Jackpot gewonnen.«

»Du bist echt ein Freak.«

»Lieb dich auch, Sammy-Boy. Pass auf dich auf mit dem Mädel, ja?«

»Mach ich.«

»Ich schau mal, ob ich was rauskriegen kann, was dir weiterhilft. Hab noch keine Vorstellung davon was, aber wer weiß.«

»Danke, Mann.«

Sam beendete das Gespräch und rieb sich die Stirn. Es war wohl an der Zeit, sich einen Plan zuzulegen.

5. KAPITEL

Nachdem sie eine gute halbe Stunde durch verschiedene Gassen und Seitenstraßen geeilt waren, schätzte Sam, dass sie sich wieder Richtung Bahnhof bewegten.

»Wohin gehen wir?«

Als keine Antwort kam, unternahm Sam zwei große Schritte, um in Pures Reichweite zu gelangen und fasste sie am Arm.

»Warum nehmen wir kein Taxi? Ich bin nicht sonderlich gut zu Fuß.«

Sie schüttelte energisch den Kopf, während sie ihren Blick aufmerksam umherstreifen ließ. Sam seufzte und versuchte das Pulsieren im Knie zu ignorieren.

»Hast du Angst, dass sie uns aufspüren? Die erkennen mich nur durch das Zahlungssystem und sogar Crunch sagt, dass das einigermaßen sicher ist.«

»Nichts ist sicher«, murrte sie und verschränkte die Arme.

»Mag sein. Aber es liefert nicht genug Daten, um zu verraten, wohin uns das Taxi gebracht hat. Bitte?«

Die Schmerzen ließen etwas nach, als er sein Gewicht auf das rechte Bein verlagerte. Wäre das Pochen in seinem Schädel nicht so ablenkend, könnte er sich vielleicht daran erinnern, wie er früher, vor den Medikamenten, mit den Beschwerden klargekommen war.

Pure musterte ihn von Kopf bis Fuß und kaute auf ihrer Unterlippe.

»Na schön.«

»Fabelhaft«, antwortete Sam zwischen zusammengepressten Zähnen und winkte eines der Fahrzeuge herbei.

»Bellevueplatz«, sagte Pure, nachdem sie eingestiegen waren und die automatisierte Stimme wiederholte die

Angabe.

Sam versuchte gar nicht erst, sich nach ihrem definitiven Ziel zu erkundigen.

»Was ist das mit deinem Bein?«, fragte Pure, als sich das Gefährt in Bewegung setzte.

»Nichts weiter.«

Er ignorierte ihre fragend erhobene Augenbraue und lenkte das Gespräch in eine andere Richtung.

»Warum ‚Pure'?«

»Was denkst du, Schlaumeier?«

Ihre trommelnden Finger auf dem Lauf der Waffe in ihrem Schoß verstärkten Sams ohnehin schon große Nervosität. Es gefiel ihm nicht, der Killerin hinterherzulaufen, während sie offenbar einen konkreten Plan hatte und er nicht einmal eine Idee, wie er sich verhalten sollte. Er wusste nur, dass er sie besser nicht aus den Augen verlor.

»Dein Körper?«

Als sich ein unverschämtes Grinsen auf ihren Lippen ausbreitete, stieg die Hitze in sein Gesicht und er senkte den Blick. »Das meinte ich nicht. Du trägst ... trugst kein Stück Cyberware in dir. Alles hundert Prozent reiner Mensch.«

»Stimmt. Niemand glaubte daran, dass ein Assassine ohne künstliche Add-Ons was taugt. Ich habe ihnen das Gegenteil bewiesen«

Crunch hatte nicht unrecht. Eine Killerin ohne jegliche Mods ergab ein seltenes Bild. Warum sollte jemand mit einem solchen Job sich gegen die Vorteile von Cyberware wehren?

»Warum wollen sie dich verändern?«, fragte er nach kurzem Schweigen.

»Vermutlich ein Missverständnis.«

»Ein Missverständnis?«

Nun verdrehte sie die Augen und hörte mit dem Trommeln auf. Stattdessen verkrampften sich ihre Finger um das Metall.

»Musst du so viele Fragen stellen, Doc?«

»Sorry«, murmelte er.

Das Taxi hatte soeben die alte Bahnhofshalle passiert und überquerte die Brücke des Flusses Limmat, welcher von dem See abfloss, an dessen Ufern Zürich lag. Sie folgten dem Hauptverkehrsstrom entlang der Promenade, bis sie schließlich einen großen Platz erreichten. Dieses Quartier beherbergte die wohlhabendere Bevölkerungsschicht zusammen mit vielen noblen Hotels und Theatersälen. Überall warben OLED-Flächen für die neuesten Produkte auf dem Beauty- und Gadget-Markt und die Hauptstraßen waren normalerweise vollgestopft mit Leuten in schicken Anzügen. Sam blickte auf die Uhr auf seinem Handy und pfiff überrascht, als er ablas, dass es schon bald Mitternacht schlug. Der Menschenauflauf auf dem Bellevueplatz war dementsprechend geringer als erwartet, doch einmal mehr wurde Sam klar, dass das Business nicht schlief. Nachdem Sam bezahlt hatte, lotste ihn Pure bereits wieder durch eine schmale Gasse abseits der belebten Straße. Die Waffe presste sie dicht an ihren Körper, ohne sie effektiv zu verstecken.

Wie viele Leute marschieren mit einem verdammten Scharfschützengewehr durch Zürich, ohne aufgehalten zu werden?, fragte sich Sam, während er die blanken Gesichter der Geschäftsleute musterte. Die Anzahl war vermutlich höher, als Sam sich vorstellen mochte, darum schüttelte er nur den Kopf und eilte ihr nach.

»Warum wollen sie mich umbringen?«, startete er einen neuen Versuch.

Diesen Gedanken konnte er nicht vergessen. Sollte er seine Arbeit gut machen, gäbe es keinen Grund ihn loszuwerden. Diskretion lautete das oberste Gebot in seiner Branche.

»Hab ich dir doch erklärt«, antwortete sie. »Wenn mich wer schnappt, könnten sie meine Cyberware vielleicht zu dir zurückverfolgen. Und über dich zu meinem Boss. Du bist ein gefährliches Zwischenglied.« Sie zwinkerte ihm zu, als sie an einer Ecke verharrte. »Blick nicht so finster, du wärst nicht der Erste.«

»Der Erste was?«

»Der erste Arzt, den wir aus dem Weg schaffen.«

Er schluckte einmal schwer und verlangsamte seinen leicht hinkenden Schritt.

»Sind das deine üblichen Aufträge? Leute umbringen, die einfach nur ihren Job machen?« Der zynische Unterton nahm mehr überhand, als er es eigentlich geplant hatte.

»Mach dich nicht lächerlich. Um solche Kleinigkeiten kümmern sich andere.« Sie verdrehte die Augen und ihre Stimme tönte leicht entnervt. »Hör zu, Sam. Ich bin nicht gut darin, okay?« Sie schwenkte ihre Hand von ihr zu ihm und zurück. »Reden ist nicht meine Stärke. Können wir das also sein lassen?«

»Zuerst schießen, später reden, was?«, murmelte er.

Schnaubend spähte sie die nächste Straße hinab und winkte ihm dann zu, ihr zu folgen.

»Komm mal wieder runter. Ich beleidige deinen Berufsstand auch nicht.« Ihre Stimme war zu einem Flüstern abgesunken.

»Tust du wohl«, giftete Sam zurück und erntete ein Grinsen, welches ihn verunsicherte. »Woher auf einmal die gute Laune?«

Sie deutete ihm an, neben ihr im Schatten einer weiteren Gasse in die Hocke zu gehen.

»Wie, denkst du, fühlt sich ein Panther auf der Lauer?«, fragte sie leise.

»Keine Ahnung. Angespannt? Hungrig?«

Genüsslich leckte sie sich mit der Zunge über die Lippen.

»Voller Tatendrang und Erwartung. Adrenalin, Sam. Die wirkungsvollste Droge und der billigste Glücklichmacher der Welt.«

»Was willst du damit sagen?«, fragte Sam, dem immer mehr der Kopf schwirrte.

»Dass du langsam aber sicher die Klappe zu und den Schädel unten halten solltest.«

Die Farbe wich aus seinem Gesicht, als ihm dämmerte, was sie vorhatte. Der Panther auf der Lauer. Er studierte ihre Gesichtszüge und erkannte die geweiteten Pupillen, das nervöse Zucken der Haut auf ihrer rechten Gesichtshälfte und den dünnen Schweißfilm auf der Stirn. Die Symptome waren Sam bisher entgangen, doch er hätte es besser wissen sollen. Ihr Körper wehrte sich noch gegen die Prothese und hatte ein Fieber entwickelt, das ihr klares Denken trüben musste. Was hatte sie in diesem Zustand vor?

Er lehnte sich nach vorne und spähte um die Ecke. Unzählige grelle Scheinwerfer leuchteten ein Areal aus, das von einem fünf Meter hohen Zaun mit Stacheldraht umgeben war. Von seiner Position aus erkannte Sam drei einfache Gebäude und mehrere Fahrzeuge mit demselben Firmenlogo in Form eines Wassertropfens. Auf einem der Dächer prangte in blauer Neonschrift der Name *DeepCorp*.

»Scheiße, Pure. Was tun wir hier?«

Kalter Schweiß trat auf Sams Stirn und sein Herz schlug bis zum Hals, als Pure die Waffe tätschelte, die sie in Anschlag genommen hatte.

»Ich beweise, wozu ich fähig bin und du sorgst dafür, dass du keine Kugel abkriegst, während du genau hier wartest.«

Noch bevor er etwas erwidern konnte, war sie um die Ecke verschwunden.

Sie kann nicht ernsthaft so bescheuert sein. Aber so krank vielleicht.

Fluchend holte er sein Telefon hervor, fotografierte das Logo und sendete es ohne weiteren Text an Crunch. Falls gleich die Hölle ausbrechen sollte, wäre es immerhin schön zu wissen, dass ein Freund seine Leiche rausholen würde. Dann zog sich Sam zurück in die Gasse, ohne die menschenleere Straße aus den Augen zu lassen. Das Grundstück schien ebenfalls verlassen. Sam erinnerte sich daran, dass die Firma auf dem Bereich der Grundwassergewinnung dick im Geschäft war. Mitten in Zürich bohrten sie wohl kaum danach, also musste es sich bei dem Gelände um den Hauptsitz oder zumindest einen größeren Verwaltungszweig handeln, schloss er.

Was Pure hier wollte, war ihm ein Rätsel. Entweder arbeitete sie für DeepCorp oder aber es ging um einen Auftrag. In beiden Fällen würde es für Sam alles andere als gut ausgehen. Wenn Pure vorhatte ihren Boss umzulegen, würde Sams Kopf durch den Bluthund zum Rollen kommen. Und falls es mit ihrem Job zu tun hatte, dann würde sie mit einem einfachen Gewehr bewaffnet ohne weitere Ausrüstung nicht einmal unbemerkt auf das Areal gelangen.

»Was mache ich hier?«, murmelte Sam zu sich selbst, als er um die Ecke huschte und hinter Pure hereilte. Er fand sie an einer Stelle außerhalb des Zauns kauernd, wo das Licht der Scheinwerfer nicht hinreichte.

»Verschwinde!«, zischte sie ihm zu, als sie ihn entdeckte.

Ihre Miene war ernst und wutverzerrt, doch Sam wäre kein Arzt, wenn er die Anzeichen von Nervosität nicht deuten könnte. Falls die Frau wirklich so gut war, wie sie sagte, dann lief gerade etwas gänzlich falsch.

»Was tust du hier, Pure?«, fragte er und griff nach ihrem Handgelenk. Ihr Puls raste.

»Ich mache meinen Job.«

»Nein, das machst du nicht. Du bringst dich um.« Sam konnte die eigene Wut in seiner Stimme nicht verbergen. »Du hast Fieber und brauchst Medikamente.«

Pure öffnete den Mund, schloss ihn dann aber wieder und bedachte ihn mit einem hitzigen Blick. Sie hatte so gefasst gewirkt, als sie nach der Operation aufgewacht war. Sam konnte sich ohrfeigen, dass er die Anzeichen nicht eher hatte deuten können.

»Hör zu. Du bist nicht du selbst.«

In dem Moment erlangte etwas im Augenwinkel seine Aufmerksamkeit. Ohne zu überlegen, stieß er Pure zur Seite, die mit einem Fluch auf den Lippen rückwärts zu Boden stürzte. Als ein brennender Schmerz seinen linken Oberarm durchzuckte, sog er scharf Luft ein und seine Sicht verschwamm fast zeitgleich. Unfähig, seinen Nacken zu drehen, tastete er nach der Stelle und zog einen spitzen Gegenstand aus seiner Haut. Mit zitternden Gliedern kippte er vornüber, während das blaue Neonlicht langsam um ihn herum erlosch.

Sam verlor nicht das Bewusstsein. Er hörte was geschah und spürte, dass grobe Hände ihn anfassten und auf die Beine zerrten. Er fühlte sich jedoch zu schwach, um selber stehen zu können. Nach einer Weile, in der er vorwärts geschleift wurde, gelang es ihm, die Augen aufzuzwängen. Offenbar befanden sie sich innerhalb des umzäunten Geländes und die Security schleppte ihn in Richtung eines der Gebäude. Scheinbar bedeutete an einem Zaun zu kauern bereits ein Sicherheitsrisiko, welches erforderte Menschen zu betäuben.

Wo steckt Pure?

Noch bevor sie auf der Schwelle des Hauses standen, schallte das Geräusch von quietschenden Reifen und zerspringendem Draht über den Platz. Schreiend ließen die Männer Sam los und zückten die Waffen, während dieser völlig kraftlos zu Boden sank. Seine Sicht war verschwommen, doch er erkannte das Licht von Autoscheinwerfern und Gestalten, die davor hin und herrannten. Dann gellten Schüsse. Drei an der Zahl und neben Sam krachte ein Körper auf den Beton. Nach ein paar Rufen, die der Arzt nicht verstand, wurde es ruhig, bis auf das Geräusch von schweren Schuhen auf dem Grund. Abermals wurde er gepackt und in eine andere Richtung gezerrt. Dieses Mal brachten sie ihn zu den Scheinwerfern und er wurde auf die Ladefläche eines Vans bugsiert. Dort sank er nieder, während er gegen die aufkommende Übelkeit ankämpfte. Kurz darauf setzte sich der Wagen in Bewegung und er wurde hochgehoben, sodass er mit dem Rücken gegen die Innenwand des Fahrzeugs lehnte. Er zwang sich die Augen ein weiteres Mal aufzusperren und zwinkerte so lange, bis sein Blick sich klärte. Mit ihm auf der Ladefläche befanden sich drei bewaffnete und vermummte Kerle. Als sich das bekannte Gesicht des Japaners in sein Blickfeld schob, zuckte Sam kurz zusammen. Doch der Bluthund reichte ihm lediglich eine Wasserflasche und wandte sich dann schweigend ab. Die ganze Fahrt über sprach niemand ein Wort und Sam hatte genügend damit zu tun die Situation zu begreifen. Zweimal am Tag in eine Schießerei zu geraten war genug, aber nicht zu wissen, auf welcher Seite man eigentlich stand, war außerordentlich zermürbend. Der Wagen hielt nach einer halbstündigen Fahrt in einer Tiefgarage.

»Sperr ihn in irgendeine Kammer. Ich kümmere mich später um ihn«, sprach der Japaner leise und deutete auf einen der Vermummten. Der Schlag an seine Schläfen kam unerwartet und traf Sam mit voller Wucht, sodass er ein weiteres Mal in der Dunkelheit versank.

6. KAPITEL

Sams Magen zog sich krampfhaft zusammen und der Geschmack von bitterer Galle breitete sich in seinem Mund aus, noch bevor er es über sich brachte, die Augen zu öffnen. Er würgte das wenige, was sein Körper hergab heraus und ein säuerlicher Gestank stieg in seine Nase. Keuchend blinzelte er die Tränen fort.

Die fensterlose Kammer, in der er saß, bot vielleicht Platz für drei Personen, der Rest war mit abschließbaren Schränken vollgestellt, nur links neben ihm prangte eine Stahltür in der Wand. Sam sog scharf Luft ein, als das Brennen in den Armen seinen benebelten Verstand erreichte. Die verhärteten Muskeln zitterten, die verdrehten Gelenke an Schultern und Händen zogen schmerzhaft an seinen Sehnen. Während er die Finger beugte, ertastete er das Metall, welches um seine Handgelenke gelegt war und ihn an die Stuhllehne fesselte.

»Fabelhaft«, murmelte er, begann aber sogleich zu husten.

Vor ihm auf dem Boden stand eine Wasserflasche und der Anblick reizte das Kratzen in seiner Kehle noch mehr. Er wollte danach greifen, wurde jedoch durch den aufblitzenden Schmerz in seinen Schultern daran erinnert, dass seine Hände auf dem Rücken fixiert waren. In dem Moment ging die Tür auf und der Japaner trat herein. Wie im Van wirkte er gelassen und machte nicht den Eindruck, als wollte er Sams Innereien rausprügeln wie damals in der Praxis. Er musterte Sam langsam, während sich die Tür hinter ihm schloss und sie zu zweit in dem kleinen Raum zurückblieben.

Irgendetwas an seiner Art verunsicherte Sam. Er wirkte wie ein durchtriebener Bösewicht aus einem alten

Agentenfilm. Einer, der nie viel sprach und dich mit einer Bewegung seines kleinen Fingers umbringen konnte. Vielleicht war Sam aber auch auf die Klischees der Achtzigerjahre-Filme hineingefallen. Auf jeden Fall hatte der prügelnde Kerl in seiner Praxis ihm damals nicht dasselbe die Kehle zuschnürende Gefühl vermittelt, wie der undurchsichtige Mann vor ihm.

Nach einer Weile ging der Japaner vor Sam in die Hocke, zog ein Taschentuch hervor und wischte dem Gefangenen das Gesicht ab. Die Berührung war sanft und zuvorkommend und sie verunsicherte Sam nur noch mehr. Dann setzte der Bluthund Sam die Wasserflasche an die Lippen und für einen Moment durchzuckte ihn der Gedanke, dass das Wasser vergiftet sein könnte. Doch wenn sie ihn tot sehen wollten, hätten sie unlängst die Gelegenheit dazu gehabt. Außerdem lag nach wie vor der bittere Geschmack des Betäubungsmittels auf seiner Zunge und irgendwie musste er das Gift aus seinem Körper spülen. Sam trank mit gierigen Schlucken, bis der Japaner die Flasche absetzte und sich wieder erhob. Gemächlich wischte er seine Finger an dem Taschentuch ab und steckte es in seine Manteltasche.

»Wo ist Pure?«, fragte er dann leise.

Sam zog die Augenbrauen zusammen. Hatten sie die Killerin nicht erwischt?

»Ich weiß nicht«, krächzte Sam wahrheitsgemäß und der Mann nickte. Erst jetzt blickte er ihm direkt in die Augen und das steigerte Sams Unwohlsein noch mehr. Ob er ihm glaubte oder nicht, er ließ das Thema fallen.

»Ihnen wird nichts geschehen, Doktor Meyer. Wir wollen nur garantieren, dass sie ihren lukrativen Auftrag zu Ende bringen können.« Er betonte das Wort *lukrativ* übermäßig und Sam versteifte sich etwas unter seinem prüfenden Blick.

»Wir werden Pure finden«, sprach er weiter. »Sie beenden die Anpassungen und danach sind sie frei und erhalten ihre Coins.«

Und Pure?, dachte sich Sam, ließ es aber unausgesprochen.

Natürlich wäre das Versprechen in seiner derzeitigen Situation die beste aller möglichen Optionen. Dennoch beruhigte ihn dies nicht im Mindesten. Zum einen, da er dem Japaner kein Wort glaubte. Zum anderen, weil er sich beim Gedanken, die Operationen zu Ende zu führen, nicht wirklich wohl fühlte.

»Dadurch, dass Sie sich unseren Anweisungen wiederholt widersetzt haben, ist es uns leider nur möglich, Ihnen diese Art von Unterkunft zu bieten, bis wir sie gefunden haben.« Nun trat ein kaum erkennbares Lächeln auf die Lippen des Bluthundes und er wandte sich zur Tür.

»Was wird aus ihr?«, platzte es nun doch aus Sam heraus.

Der Japaner drehte den Kopf zu ihm um und hob eine Augenbraue.

»Sie wird ihre alte Stelle erhalten und weiterhin für uns arbeiten. Nichts wird sich ändern.« Mit den Worten ließ er Sam allein.

Nichts ändern ... dass ich nicht lache, dachte Sam, während er sich vor Augen führte, wie panisch Pure sich gegenüber jedweder Modifikation verhalten hatte.

Es vergingen einige Stunden, während denen Sam immer mal wieder einnickte, um daraufhin mit noch stärkeren Gliederschmerzen zu erwachen. Sein Hals brannte wie Feuer und die paar Schlucke Wasser, die er vom Bluthund erhalten hatte, schienen lange her. Sehnsüchtig schielte Sam nach der Flasche, die auf dem Boden stand.

»Hey«, rief er in Richtung Tür. »Ist jemand da?«

Das Beißen in seinem Hals nahm zu und mit jedem Husten pochte es in seinem Schädel. Der Griff der Tür bewegte sich nach unten und eine grobschlächtige Frau trat ein. Das weiße T-Shirt, das sich um ihre Oberarme spannte, ließ keine Fantasie bezüglich ihrer Muskeln zu. Am Gürtel hing alles Mögliche an Gear zusammen mit einer Pistole in einem Holster. Mit einem grimmigen Ausdruck auf ihrem gepiercten Gesicht nickte sie Sam zu. »Was ist?«

»Wasser?«, krächzte Sam.

Die Frau blickte von ihrem Gefangenen zu der Flasche. Dann beugte sie sich nach dem Behälter und hielt ihn in Sams Richtung. Dieser legte den Kopf schräg und unterdrückte ein verzweifeltes Lachen. Mit einer Bewegung seiner Arme ließ er die Metallringe um seine Handgelenke geräuschvoll zusammenschlagen. Schnaubend legte die Wächterin die Flasche in Sams Schoß, fasste an das schwarze Gerät an ihrem Gürtel und presste auf einen Knopf. Die Spannung in Sams Armen ließ nach, als die beiden Metallringe auseinanderbrachen.

Elektromagnete, dachte er und biss sich auf die Lippen. Unmöglich diese ohne den Transmitter am Gürtel der Wachfrau auseinanderzubringen. Er führte die Hände zu seinem Bauch, wo die Magnete sofort wieder zusammenklackten, kaum hatte die Wächterin den Transponder berührt. Unter Ächzen ließ Sam die Schultern kreisen, um die Verspannung zu lösen.

Ein Blick in seinen Schoß zeigte ihm, wie massiv die Magnete um seine Handgelenke waren. Da jagte eine Idee durch seinen Kopf. Ungeschickt fasste er nach der Flasche, ließ sie aus seinen Fingern gleiten und sorgte mit einer Bewegung seines Knies dafür, dass sie auf dem

Boden landete.

»Sorry«, murmelte er schuldbewusst und machte Anstalten sich aus dem Stuhl zu erheben.

Eine kräftige Pranke hielt ihn zurück, bevor die Frau sich schnaubend nach dem Wasser bückte. In dem Moment hob Sam die Arme, um sie gezielt und mit Wucht auf den Hinterkopf der Wächterin niedergehen zu lassen. Mit einem dumpfen Stöhnen ging diese zu Boden. Eine Sekunde verharrte Sam, bis er sicher war, dass sie sich nicht sofort wieder erhob. Dann kniete er neben ihr nieder. Mit einem Griff an den Transponder lösten sich die Magnete um seine Handgelenke, die er daraufhin seiner Wächterin anlegte. Er versicherte sich, dass er sie nicht stärker als beabsichtigt verletzt hatte und drehte sie in eine stabile Lage.

Was nun?, fragte sich Sam, während er sich die Handgelenke rieb.

Er befand sich in der Gefangenschaft des Bluthundes und wenn es stimmte, was Pure ihm erzählt hatte, wäre es besser das Weite zu suchen.

Wie lange wird es dauern, bis sie mein Verschwinden aus der Kammer bemerken?

Ein weiteres Mal kniete er neben der Frau nieder. Vorsichtig tastete er den Unterarm ab. Schließlich wurde er in ihrer Handfläche fündig. Von ihrem Gürtel nahm er ein Schweizer Armeemesser und klappte es auf.

»Tut mir leid«, flüsterte er ernst.

Mit Präzision trieb er die Klinge in die dünne Haut. Mit zwei sauberen Schnitten hatte er den implantierten Mikrochip entfernt. Für einen Moment blickte er auf das Blut, das aus der offenen Wunde quoll, dann schüttelte er energisch den Kopf und riss dem weißen Shirt einen Ärmel ab. Er wickelte ihn als provisorischen Verband um die verwundete Hand. Den Chip presste er in seine eigene linke Handfläche, bis er eigenständig dort kleben blieb. Für eine Sekunde zögerte Sam, als sein Blick auf die Waffe der Wächterin fiel. Was würde er schon ausrichten können, wenn er wirklich dem Bluthund oder seinen Leuten in die Arme lief?

Trotz dieses Gedankens öffnete Sam den Verschluss des Holsters und nahm den Revolver an sich. Mit einem tiefen Atemzug steckte er ihn zwischen Rücken und Hosenbund, als er etwas in seiner Gesäßtasche ertastete. Er zog sein Handy heraus und unterdrückte einen leisen Freudenschrei.

»Danke, danke, danke«, hauchte er.

Er wählte Crunchs Nummer und kreuzte die Finger.

»Alles okay?«

Irrte sich Sam oder lag eine gewisse Besorgnis in der Stimme seines Freundes?

»Hör zu. Ich bin gefangen. Keine Ahnung wo, bei Pures Boss vermutlich. Kannst du das rauskriegen. Und wie ich hier verdammt noch mal rauskomme?«

»Hardbrücke«, erklärte Crunch ohne Verzögerung. *»Scheiße, wenn das Signal stimmt, steckst du im Prime Tower, Mann.«*

»Echt jetzt?« Sams Herz unternahm einen nervösen Sprung.

»Jap. Sitz von Roth Industries. Du hast dich da ganz schön mit wem angelegt.«

»Wie auch immer. Kannst du mich hier rauslotsen?«

Crunch schnaufte laut auf der anderen Seite der Leitung.

»Ich versuch's, garantiere aber für nichts. Die werden über ein Hochsicherheitssystem verfügen und es wird eine Weile dauern.«

»Ich glaub an dich.«

Mit einem selbstgefälligen Lachen legte der Hacker

auf. So tief Sams Vertrauen in seinen Freund auch war, hier zu bleiben, stellte keine Option dar. Also öffnete er die Tür einen Spalt und spähte hinaus. Ihm gegenüber lag eine klinisch weiße Wand, beleuchtet von hellen Lichtbahnen in der Decke.

Mit aufgesetzter Selbstverständlichkeit trat er in den Gang und zog die Tür hinter sich zu. Eine Berührung des Chips an der in die Türklinke eingebaute digitalen Sicherung und das Schloss surrte. Auch der Rest des Korridors war weiß und fensterlos. Sam hörte aus beiden Richtungen Stimmen, konnte jedoch niemanden ausmachen. Er folgte seinem Bauchgefühl und wandte sich nach rechts. Er versuchte zielgerichtet, aber nicht zu hastig vorwärts zu gehen. Ob er unauffällig genug wirkte? Die Pistole unter seinem Shirt drückte hart gegen seine Rückenwirbel und der Schweiß perlte von seinem Schädel. Wie unscheinbar konnte jemand erscheinen, der dermaßen zitterte und dessen Kopfschmerzen ihn beinahe aufschreien ließen? Hatte er nur das Gefühl, oder hinkte er auf einmal auf seinem rechten Bein?

Reiß dich zusammen, herrschte er sich an.

Er wischte den Schweiß weg und streckte seine Arme, sodass die Anspannung etwas aus ihnen wich. Sams Weg führte an mehreren Türen vorbei, die meisten davon mit verschiedenen Nachnamen beschriftet.

Bevor Sam sich versah, stand er an einer breiten Kreuzung, die mit falschen Pflanzen und kitschiger Kunst dekoriert war. In einer Ecke unterhielten sich zwei Frauen in langen weißen Laborkitteln mit dampfenden Tassen in den Händen. Eine von ihnen beachtete ihn in keiner Weise, die andere beobachtete, wie er in den nächsten Gang trat, während sie einen Schluck aus der Tasse nahm.

Erkannte er einen prüfenden Blick? Zusammengezogene Augenbrauen und einen kritisch verzogenen Mund? Wie viele Leute arbeiteten hier und wie oft passierte ein Mitarbeiterwechsel? Sams Rücken versteifte sich, als ihm bewusst wurde, dass sie die Waffe unter seinem Shirt sehen musste. Die nächsten beiden Schritte geschahen von alleine, obwohl seine Beine weich wie Gelee waren. Jeden Moment erwartete er ihren fragenden Ruf. Sein Verstand war blank und er wusste nicht, wie er sich herausreden sollte.

Doch das Geplapper hinter ihm nahm seinen Lauf. Sam konnte nicht anders, als hörbar Luft auszulassen, wenn auch sein Herzklopfen nicht nachließ. Wieder streifte er durch einen menschenleeren, fensterlosen Gang. Als er die nächste Tür passierte, verharrte er. Seine Zunge fuhr über seine trockenen Lippen, als er den Schriftzug las: Labor 18.6.

Was auch immer sich im Labor eines Industriebetriebs abspielen mochte, so konnte er doch davon ausgehen, dass unter anderem Medikamente darin lagerten, oder? Wie unpassend schien ein übermüdeter Mann in Jeans und einem verschwitzten Shirt in einem solchen Raum, sollte er entdeckt werden? Während er zur Sicherheit in beide Richtungen blickte, streckte er die linke Hand mit dem Mikrochip zu dem Knauf. Ob die Wachleute Zutritt zu den Laboratorien hatten?

Ein Surren und Klicken beantwortete die Frage und Sam stieß die Tür auf. Glücklicherweise befand sich niemand in dem Zimmer, das ebenso klinisch wirkte wie der Rest der Etage. Metallschränke standen an den Wänden, in der Mitte lange Tische mit Reagenzgläsern, Destillieranlagen und weiteren wissenschaftlichen Geräten. Wie bei ihm zu Hause erweckte der Raum den Eindruck von komplett durchorganisiertem Chaos. Anders als der Gang oder die Kammer, in der er gefangen gehalten worden war, nahm ein großes Fenster die Hälfte der Wand gegenüber der Tür ein. Sam eilte mit drei Schritten hinüber und spähte hinaus. Vor ihm lag ein Teil von Zürich mit seinen Hochhäusern und Fabrikanlagen. Wandte er den Blick nach rechts, blitzten zwischen einigen Bürogebäuden die Containersiedlungen auf, wo Sam aufgewachsen war. Die gläserne Fassade des Prime Towers führte viele Meter in die Tiefe und etwas weniger weit in die Höhe, sodass Sam sich ungefähr im zwanzigsten Stockwerk schätzte. Unter ihm, noch über dem Fuß des Turmes, überquerte die Hardbrücke einen verkehrsfreien Platz. Ein Tram schwebte in Richtung Innenstadt und mehrere Taxi-Pods reihten sich in den Verkehr ein. Jeder, der sich kein eigenes Fahrzeug leisten konnte, bewegte sich auf diese Art durch Zürich. Die Luft in den nobleren Quartieren und auch hier hing voller Drahtseile, an denen die vermögende Schicht in Gondeln über das Chaos hinweg transportiert wurde. Sam folgte einem der Seile mit den Augen, bis es hinter dem nächsten Gebäude verschwand. Alles in allem war deutlich, dass er einen Sprung in die Tiefe nicht überleben würde. Das Ziehen in seinem Bein nahm zu und erinnerte ihn daran, weshalb er das Labor eigentlich betreten hatte. Er öffnete den ersten Schrank und fand ausschließlich leere Glasgefäße vor. Frustriert wiederholte er das Vorgehen bei zwei anderen Schränkchen. Mit jedem Fehlschlag rollte in ihm die Wut hoch und das Zittern in seinen Händen warnte ihn, dass er nah dran war die Fassung zu verlieren.

Er atmete langsam durch die Nase und trat an einen der hohen Schränke heran. Dessen Inneres ließ Sams Herz schneller schlagen. Auf der einen Seite des Korpus befanden sich niedrige Ablagebretter mit unzähligen Dosen, Pillen und Pulvern. Alle trugen das rote Etikett desselben Herstellers, das Sam der Firma Byrapharm zuordnete. Auf der anderen Seite hingen lange Labormäntel. Sam hatte die Hand bereits nach den Medikamenten ausgestreckt, als ihn ein Surren zusammenzucken ließ. Ohne zu überlegen, sprang er zwischen die Mäntel und zog die Schranktüre so weit zu, wie es von innen möglich war. Durch den entstehenden Spalt blickte er auf eine Wand des Labors, wo zwei Bürostühle standen.

Die Tür wurde aufgestoßen und krachte mit Wucht gegen die Innenwand. Die Schreie mehrerer Leute schallten durch den Raum. Obwohl sich noch niemand in seinem Blickfeld befand, duckte sich Sam tiefer in die Mäntel.

»Hierhin!«, schrie eine Frauenstimme und kurz darauf trat eine der Ärztinnen von vorhin zu einem Bürostuhl, den sie in Richtung Tür drehte. Zwei Männer in Arbeiterkleidung wuchteten jemanden hinein, der tief grollend um sich schlug. Sam erkannte Gliedmaßen aus billiger Cyberware. Er hätte beinahe aufgejapst und presste eine Hand auf den Mund, als eine junge uniformierte Frau dicht an seinem Schrank vorbeieilte. Sie positionierte sich neben seinem Versteck, ein Sturmgewehr auf den Menschen im Stuhl gerichtet. Die beiden Arbeiter drückten diesen mit aller Kraft in den Sessel. Ein metallener Arm peitschte durch die Luft und beförderte einen von ihnen zu Boden.

Nun hatte Sam freien Blick auf den Kerl im Bürostuhl und seine Beine wurden schwach. Er biss sich in die Handfläche, um ein Aufstöhnen zu unterdrücken und seine Knie zitterten. Der Mann war kaum mehr als solcher zu erkennen. Nicht nur die Glieder bestanden aus Prothesen, selbst an einem großen Teil seines nackten Torsos prangten stählerne Ergänzungen. In beiden Augenhöhlen waren technische Verbesserungen eingelassen und der kahlrasierte Schädel wies unzählige implantierte Platinen auf: Ein Cyborg.

Trotz der falschen Augen standen dem Mann Wut und Panik ins Gesicht geschrieben. Er führte den befreiten Arm an seinen Kopf und zerrte an einer der Leiterplatten. Dabei schrie er vor Schmerz. Sam hatte noch nie etwas Vergleichbares gesehen. Die Reaktion des Mannes kannte er jedoch. Es war nicht das erste Mal, dass er jemanden beobachtete, der wegen all der fremden Teile in seinem Körper verrückt geworden war. Der Letzte hatte Sam dazu gebracht, seinen eigenen Tod vorzutäuschen, um seinem Konzern zu entkommen und sich von Crunch eine neue Identität erschaffen zu lassen. Er hatte sich damals geschworen, nie wieder eine Operation durchzuführen.

Wie schnell man seine Prinzipien über den Haufen warf, sobald einem klar wurde, dass man was zu essen brauchte.

Der geschlagene Arbeiter war auf die Beine gekommen und wuchtete sich gegen den Cyborg. Die Ärztin hatte inzwischen eine Spritze zur Hand genommen und füllte sie mit einer leicht grünlichen Flüssigkeit.

»Haltet ihn ruhig, verdammt noch mal!«, rief sie durch zusammengepresste Zähne.

Sie setzte die Kanüle im Nacken des Mannes an und injizierte den Inhalt mit einem Stoß. Auf einen Schlag erstarben die Schreie des Cyborgs und sein Kopf klappte nach hinten. Weit aufgerissene Augen bezeugten, dass er nicht betäubt war. Sein Atem beruhigte sich und er stellte die Gegenwehr ein. Beinahe leblos fielen die Cyberarme an seiner Seite hinab. Doch wider Sams Erwartungen trat keine Entspannung auf sein Gesicht, sondern es spiegelte noch immer Schmerz und Angst wider und seine Brustmuskeln blieben verkrampft.

»Alles in Ordnung?«, fragte die Ärztin zufrieden.

»Alles in Ordnung«, murmelte der Mann abwesend.

»Sehr gut.« Sie tätschelte seine Schulter. »Zurück an die Arbeit.«

Wie auf Kommando erhob er sich bolzengerade und zusammen mit den anderen Arbeitern verließ er das Labor. Als die Ärztin daraufhin in Sams Richtung winkte, prallte er beinahe vor Schreck gegen die Rückwand des Schrankes.

Sie hat mich entdeckt!

Dann passierte die uniformierte Frau, die er ganz vergessen hatte, den Spalt in der Schranktür und verließ mit der Ärztin den Raum.

Sam wartete einige Minuten, die ihm wie eine Ewigkeit erschienen mit angehaltenem Atem, bevor er die Metalltür langsam aufschob und im Labor umherspähte. Der Bürostuhl war bis ans Fenster zurückgerollt und auf dem Tisch stand das halbleere Glasfläschchen, aus dem die Flüssigkeit in der Spritze stammte. Ansonsten lag alles genauso, wie vor der kurzen Unterbrechung.

Hastig durchforstete er die Medikamente im Schrank bis er fand, was er suchte. Mit steifen Fingern öffnete er die Dose und schluckte zwei Pillen auf einmal. Er war Arzt genug, um zu wissen, dass das Nachlassen seiner Kopfschmerzen und des Ziehens im Knie ein rein psychologischer Effekt war, dennoch entfuhr ihm ein erleichtertes Stöhnen. Er steckte den Behälter in die Hosentasche. Nun musste er nur noch einen Weg aus dem Gebäude finden.

Als er sich zur Tür drehte, fiel sein Blick auf das Fläschchen mit der grünlichen Lösung. Von der Neugierde besiegt, trat er an den Tisch und betrachtete das Etikett. Auch dieses hatte dasselbe Design wie die anderen mit dem weißen Byrapharm-Logo auf rotem Grund. Doch anstatt eines Namens und den Bestandteilen des Medikaments prangte darauf eine zwölfstellige Nummer. Beinahe rutschte der Behälter aus seinen Fingern, als auf einmal das Telefon in der Hosentasche vibrierte.

Gern geschehen. Jetzt gib Gas, lautete Crunchs kryptische Textnachricht.

Bevor Sam auf Antworten drücken konnte, hallte ein ohrenbetäubendes Pfeifen durch den Raum. Die Abfolge von hohen und tiefen Tönen erinnerte ihn an einen Feuer- oder Wasseralarm. Sam konnte sich ein Grinsen nicht verkneifen, als er die Meldung seines Freundes verstand.

Eilends riss er die Tür zum Korridor auf. Drei Leute rannten an ihm vorbei, ohne ihn zu beachten und Sam setzte sich sofort an ihre Fersen. Unerkannt folgte er der Gruppe durch wirre Gänge bis zum Treppenhaus und floh dort mit unzähligen anderen Mitarbeitern über die Stufen nach unten. Kaum gelangten sie ins Erdgeschoss, verstummte der Alarm und eine männliche Stimme erklang aus den Lautsprechern: *Dies war ein Fehlalarm. Bitte begeben Sie sich wieder an Ihre Arbeitsplätze. Die Situation ist ungefährlich. Ich wiederhole: Dies war ein Fehlalarm!*

Sam verharrte wie alle anderen, um nicht aufzufallen. Entnervtes Murmeln wurde um ihn herum laut, während einige Arbeiter sich der Treppe zuwandten und der Rest zu den Liften eilte. Er selbst blieb stehen und nahm den Ausgang des Gebäudes in den Blick. Nur knapp dreißig Meter von ihm entfernt glitten Glastüren lautlos auseinander, als die geflohenen Mitarbeiter zurück in die Eingangshalle traten. Zu Sams Enttäuschung hatten die Vereinzelungsschleusen bereits wieder ihren Betrieb aufgenommen und überprüften die Identität eines jeden.

Zerknirscht befühlte er den Chip, der langsam in der verschwitzten Handfläche seiner Faust umherrutschte. Es war gut möglich, dass das Wachpersonal berechtigt war das Gebäude durch andere Ausgänge zu verlassen als den Haupteingang. Doch wie sahen die Alternativen aus? Erst jetzt bemerkte Sam, dass er das nummerierte Glasfläschchen umklammert hielt. Unauffällig schob er es an seinem Rücken unter das Shirt und biss die Zähne zusammen, als ein helles Klingen ertönte. Er hatte die Waffe im Hosenbund ganz vergessen. Ob die Schleusen auch beim Austritt überprüften, was man mit sich trug? Vermutlich war es nicht die rechte Zeit, dies herauszufinden.

Tief durchatmend trat Sam in das Treppenhaus, wo sich das Gedränge bereits gelegt hatte. Schritte hallten durch den Schacht, doch die Plattform im Erdgeschoss war leer. Er blickte ein letztes Mal zur Tür und legte die Waffe auf die erste Stufe der Treppe. Ohne Zweifel würde es nicht lange dauern, bis sie gefunden wurde, aber es sollte reichen, bis er hier raus war.

Sam straffte den Rücken, strich sich über die Glatze und trat selbstsicher auf die Schleusen zu. Dort presste er die Hand auf den Laser und wartete. Sein Herz machte einen Hüpfer, als ein grünes Licht aufblinkte. Erleichtert senkte er die Hand und beobachtete, wie die Plexiglastür zur Seite schwang. Erst im letzten Moment bemerkte er, wie sich der Chip in seiner Hand endgültig löste und entlang der Finger hinabrutschte. Schnell ballte er die Faust, doch es war zu spät. Der Chip fiel mit einem leisen Klackern zu Boden und Sam erstarrte. Sein Kopf schnellte zu den bewaffneten Sicherheitsleuten, die den Eingang überwachten, doch keiner von ihnen reagierte auf ihn. Rasch trat Sam durch den freigewordenen Durchgang, dem Drang widerstehend sofort loszurennen.

»Hey!«

Das Blut gefror in Sams Adern und er erstarrte im Schritt. Langsam drehte er sich um und blickte in das Gesicht einer Frau in der Uniform des Sicherheitsdienstes. Noch einmal schaffte es sein Herz, einen Zacken zuzulegen.

»Ist bei Ihnen alles in Ordnung?«, fragte die Frau und erst jetzt erkannte Sam den leicht besorgten Ausdruck auf ihrem Gesicht. »Sie sind sehr blass.«

Sam nickte stockend und erzwang sich ein Lächeln.

»Vielleicht die Grippe«, erklärte er und hoffte, dass sie das Zittern in seiner Stimme als Symptom der Krankheit und nicht seiner Nervosität wertete.

»Oh«, entfuhr es der Wächterin und sie machte unbewusst einen halben Schritt zurück. »Gute Besserung.«

Mit den Worten patrouillierte sie weiter an den Schleusen entlang. Das Blut pochte in Sams Schläfen und der Schweiß tropfte von seiner Stirn, während er sich dem Ausgang zuwandte. Erst als er unter freiem Himmel stand, erlaubte er es sich, den angehaltenen Atem loszulassen und an Geschwindigkeit zuzulegen.

7. KAPITEL

Sams Lunge fühlte sich an, als spränge sie demnächst durch seine Luftröhre ans Freie. Auf dem ganzen Weg bis zu den Containersiedlungen hatte er nicht einmal seinen Schritt verlangsamt. Hustend stützte er sich gegen eine Mauer, jeder Luftzug brannte in seiner Brust und für einen kurzen Moment glaubte er, sich übergeben zu müssen.

Dann schwanden die weiß blinkenden Lichter vor seinen Augen und das Pochen im Kopf ließ nach. Noch immer schwer atmend stemmte sich Sam auf und wankte tiefer in das Wohngebiet des Abschaums von Zürich hinein. Ohne dass er wirklich daran gedacht hatte, trieben ihn seine Schritte an einen bestimmten Ort. Den einzigen Ort, an den er gehen konnte. Mit aller Kraft, die er noch aufbringen konnte, schob er die Tür zur Seite. Die OLED-Platte über ihm sprang wie immer an und Sam setzte den ersten Fuß auf die Treppe.

»Boobie?«

Beinahe erleichtert darüber, dass keine Antwort erklang, nahm Sam die Stufen in drei Sprüngen. Wenn Boobie ihn nicht begrüßte, bedeutete das, dass Crunch höchstwahrscheinlich ausgeloggt war und dies kam Sam gerade recht. Nichts gegen die Androide, aber jetzt brauchte er jemanden aus Fleisch und Blut, der seine Ängste nachvollziehen konnte. Als er im Zimmer seines Freundes stand, rümpfte er die Nase. Er hatte sich geirrt. Wie immer saß Crunch eingesunken, als würde er schlafen, in seinem Bürostuhl, ein Kabel am Interface und vor flimmernden Bildschirmen, wo Code in rasender Geschwindigkeit herunterrasselte.

»Crunch, wach auf«, sagte Sam bestimmt, auch wenn sich Boobie vermutlich in der Küche aufhielt und der

Hacker ihn nicht hören würde. »Ich brauch dich, Mann.«

Irritiert trat Sam an seinen Freund heran, da stieg der Gestank nach Verbranntem in seine Nase. Sofort stellten sich seine Nackenhaare auf und ein Schaudern fuhr durch seinen Körper.

»Crunch?«

Sams Hand zitterte, als er sie auf die Schulter seines Freundes legte und den Stuhl zu sich umdrehte.

Mit einem Aufschrei zog Sam den Arm zurück und stolperte zwei Schritte rückwärts. Crunch sah aus, als befände er sich weiterhin im Cyberspace, wären da nicht der verkrampfte Gesichtsausdruck sowie die eitrige, dunkelgelbe Flüssigkeit, die aus seinen Augen über seine Wangen geflossen war. Der verbrannte Gestank rührte von dem kohleschwarzen Fleck, der sich von seiner dunklen Haut abhob, genau da, wo sich sein Interface befand.

»Nein«, würgte Sam hervor und schlug die Finger vor den Mund. Er taumelte zurück, bis seine Kniekehlen gegen das Sofa stießen. Kraftlos sank er darauf nieder, unfähig den Blick von seinem Freund zu nehmen. Wie lange er so da kauerte, während tausend Gedanken durch seinen Kopf peitschten, konnte er nicht beurteilen.

Wo hat sich Crunch hineingeritten? Mit wem hat er sich angelegt? Oder hat einfach sein Gear verrückt gespielt?

Da fiel Sams Blick auf den Bildschirm, der munter vor sich hinflackerte. Auf schwachen Beinen schwankte er an den Tisch, darauf bedacht, Crunch nicht anzusehen. Die Geschwindigkeit, mit der der Code über die Konsole huschte, verbot Sam, irgendetwas zu erkennen. Doch er musste kein Hacker sein, um zu wissen, wie er das Programm beenden konnte.

Er drückte zwei Tasten und sofort stand die Konsole still. Zeilenweise kryptische Angaben prangten nun in neongrüner Schrift auf schwarzem Grund und Sam konnte gerade mal ausmachen, dass einige davon Dokumentnamen waren. Dann schrie er erneut auf und dieses Mal schaffte er es nicht wieder zum Sofa, bevor er niedersank und das Kinn auf der Tischplatte aufschlug.

/ETC/ROTHIND/ASYS.CONFIG stand da und brannte sich wie heiße Kohle in Sams Netzhaut.

ROTHIND. Roth Industries.

Crunch hatte sich noch immer im System des Prime Towers befunden, als sein Inferface ihm das Gehirn gegrillt hatte. Sam hätte gerne geglaubt, dass dies ein Zufall war, doch diesen Optimismus hatte er verloren. Unter all seinen Gedanken dominierte nur noch ein einziger.

Meine Schuld.

Das System hatte den Eindringling entdeckt und kurzen Prozess mit ihm gemacht. Dass dies überhaupt möglich war, davon hatte Sam nicht einmal zu träumen gefürchtet. Erschöpft lehnte er sich gegen den Tisch.

»Es tut mir leid, Crunch.«

Seine Kopf- und Gliederschmerzen kehrten mit voller Wucht zurück und mischten sich zum Schwindel und der Übelkeit in seinem Magen. Nur knapp widerstand er dem Drang, sich auf dem Boden zusammenzurollen und still vor sich hin zu verzweifeln, bis der Bluthund ihn fand. Der Gedanke rief die Erinnerung an Crunchs Aussage hervor:

»Wenn ein Hacker abnibbelt, während er angehängt ist, merkt man das. Und seine Position zu bestimmten, ist dann nicht mehr allzu schwer.«

Wenn Roth die Attacke auf das Alarmsystem mit

seiner Flucht in Verbindung brachte, dann konnte es nicht lange dauern, bis seine Leute hier auftauchen würden. Und trotz aller Verzweiflung wollte Sam nicht zurück in die Abstellkammer.

Schwerfällig rappelte er sich auf und warf einen letzten Blick auf seinen Freund. Er wollte ihn nicht so zurücklassen, hatte aber keine andere Wahl. Als ob er den toten Körper beruhigen wollte, drückte Sam sanft seine Schulter, während er ihn zurück zum Bildschirm drehte. Dann schlich er zurück auf die Straße und eilte rastlos durch die Seitengassen.

Als die dröhnenden Schmerzen in seinem Kopf ihn zu übermannen drohten, lehnte er sich gegen eine Wand und atmete tief durch. Mit zittrigen Händen grabschte er nach der Dose in seiner Tasche und warf sich zwei Tabletten ein, doch irgendwie wusste er genau, dass sie keine Wirkung haben würden. Neben ihm passierten stumme gesichtslose Menschen, die ihm genauso wenig Aufmerksamkeit zollten, wie er ihnen normalerweise. Heute glaubte Sam bei jedem japanische Züge zu erkennen und dass jede Handbewegung dazu diente, eine Waffe zu zücken. Er rieb sich die Schläfe und entschied, dass er irgendwohin musste, wo er alleine war.

Kreuz und quer zirkelte er durch den Stadtteil, darauf bedacht immer die einsamen, dunklen Gassen zu wählen. Er konnte nicht behaupten, dass er sich in jenen sicher fühlte, genug arme Schlucker mit aufgeschlitzten Kehlen wurden tagtäglich an solchen Ecken gefunden, aber alles war besser, als die Killer von Roth Industries. Für einen Moment schweiften Sams Gedanken zu Pure.

Ob Roths Leute sie bereits gefunden haben? Sie würden sie nicht töten, oder? Immerhin waren sie ihre Arbeitgeber und sie das beste Pferd im Stall. Dennoch wurde seine Kehle trocken und er konnte sich nicht gegen das Schuldgefühl wehren, das sich zu Crunchs Tod gesellte. Es mochte ihre Schuld gewesen sein, dass sie gefunden worden waren. Hätte sie nicht den wahnwitzigen Versuch unternommen, in DeepCorp einzudringen, hätten sie sich still und heimlich verdrücken können. Andererseits, hätte er früher erkannt, dass sie unter den Verwirrungen litt, wie es nach einer solchen OP nicht selten war, hätte er sie vielleicht daran hindern können.

Es spielte keine Rolle. Ob sie Pure fanden oder nicht, er konnte sich der Hoffnung hingeben, dass er dem Bluthund egal war und dieser einen anderen Arzt finden würde. Sofern Sam sich ruhig verhielt und die Bildfläche nicht mehr betrat. Das letzte Mal, als dies nötig gewesen war, hatte Crunch ihm eine komplett neue Identität verschafft. Heute war er auf sich allein gestellt.

Der Stich in sein Herz verstärkte die Schmerzen in seinem Körper und Sam tastete ein zweites Mal seine Taschen nach der Dose mit den Schmerztabletten ab. Stattdessen zog er das halbleere Fläschchen mit der grünen Flüssigkeit hervor. Einen Augenblick lang drehte er es in den Händen und seine Augen verschmälerten sich. Er steckte es zurück, während er weitereilte. Etwas entfernt überquerte eine ehemalige Zuglinie die Straße, die seit der Einführung der moderneren Verkehrsmittel nicht mehr in Gebrauch war. Sam kraxelte die Überführung hinauf, schwang sich über die Abtrennung und ließ sich neben den Gleisen mit dem Rücken gegen die niedrige Mauer zu Boden sinken. Er holte das Handy hervor und drehte es in den Fingern. Würden sie ihn über das Telefonat mit Crunch zurückverfolgen können? Für einen kurzen Moment wollte er das Gerät weit von sich werfen, doch andererseits war es das Einzige, was ihm geblieben war. Ohne Computer wäre er aufgeschmissen, egal was seine nächsten Schritte waren. Vielleicht konnte er das Gerät irgendwo gegen ein anderes eintauschen. Ihm fiel das blinkende Licht über dem Bildschirm auf und weckte das Handy aus seinem Schlummermodus. Beinahe hätte er es fallen gelassen, als sein Herz einen Schlag aussetzte: *Neue Nachricht von: Gott des Cyberspace*

Mit zitternden Fingern öffnete Sam den digitalen Brief, der nur von Crunch stammen konnte und wäre beinahe in Tränen ausgebrochen, als er bemerkte, dass er schon viele Stunden alt war. Sam wollte das Handy bereits wieder ausschalten, nur etwas hinderte ihn daran. Die Angst davor, still zu sitzen und die Gedanken schweifen lassen zu müssen. Denn diese führten ihn nur an düstere Orte. Aus dem schlichten Grund, etwas zu tun zu haben, öffnete er die Nachricht. Sie beinhaltete eine Antwort auf das Foto mit dem Logo von DeepCorp.

DeepCorp (seit 2053), Hauptsitz Zürich, Schweiz
weitere Standorte: Genf, Madrid, Singapur [...]
Groß in der Grundwasserindustrie

Sam scrollte sich weiter durch die Infos, bis seine Augen an einer Zeile hängenblieben.

Vorstandsvorsitzender und Inhaber: Jacques de Preux,
(Geb. 2033, Nizza)

Sam fragte sich, was für Querelen der Eigentümer einer der größten Industrieunternehmen der Schweiz mit einem französischen Wassermogul haben mochte. Als die Kopfschmerzen wieder einsetzten, war ihm klar, dass er niemals dahinterkommen würde. Etwas Anderes musste her. Etwas, worüber er sich Gedanken machen konnte. Etwas, das ihn von all dem ablenkte, was sein Verstand in ihm herausschrie. Pures Operation. Crunchs Tod. Sein Leben in Scherben.

Sam schloss die Augen und stellte sich vor, wie er eine Operation durchführte. In Gedanken führte er das Skalpell über den Oberarm eines Patienten, beobachtete, wie sich die roten Tröpfchen bildeten, bevor sie ihre Bahn nach unten suchten. Vorsichtig tupfte er das Blut ab und war glücklich die Handschuhe zu tragen, denn er hasste das Gefühl von Watte auf seiner Haut. Wie das Blut auf den Fasern glitzerte, in diesem einzigartigen Rot. Unverfälscht. Unverdünnt. Perfekt.

Die Gedanken erweckten den Arzt in ihm und er öffnete die Augen. Entschlossen legte er das Handy auf den Boden und startete den erweiterten Modus mit projizierter Tastatur und Monitor. Als Erstes öffnete er die Homepage von Byrapharm. Dann holte er erneut das Fläschchen hervor und tippte die Nummer auf dem Etikett in das Suchfeld. Keine Resultate.

Er öffnete die Produkteübersicht und klickte sich eine Weile durch die verschiedenen Medikamente, kam dann aber zu dem Schluss, dass er damit nicht weiterkam. Seufzend verschränkte Sam die Hände hinter seinem Kopf und spürte bereits, wie sich die unangenehmen Gedanken in sein Bewusstsein schlichen. Energisch schüttelte er sie von sich, denn er musste sich konzentrieren.

Worum kann es sich bei der Flüssigkeit handeln? Die Wirkung hatte rasant eingesetzt und wie ein Beruhigungsmittel gewirkt, ohne jedoch die körperliche Anspannung zu lindern. Fast wie ein Roboter hatte der Cyborg schlussendlich gewirkt, ansprechbar, aber geistig abwesend.

In einem neuen Versuch startete Sam eine Abfrage

über die Psychopharmaka der Firma. Doch es überraschte ihn nicht, abermals kein passendes Mittel zu finden.

»Na schön«, murmelte er. »Dann eben auf anderem Weg.«

Ohne lang suchen zu müssen, fand Sam auf dem Handy alle erforderlichen Tools, die er brauchte und öffnete den speziellen Browser. Crunch hätte ihn enttäuscht, wenn sein Gerät nicht komplett ausgestattet war, um ihm Zugriff auf das Deep Web zu ermöglichen. Sams Mundwinkel zuckten kurz bei dem Gedanken und er musste sich räuspern, um die Enge in seiner Kehle zu vertreiben.

Nicht ablenken lassen, sprach er zu sich selbst.

Seit jeher war seine Taktik, mit solchen Situationen umzugehen, sie so lange zu ignorieren, wie es nur ging. Was ein Psychiater davon halten mochte, war ihm dabei reichlich egal. Wenige Minuten später befand Sam sich in den Tiefen des anonymen Netzes und steuerte in Richtung des Schwarzmarkts, wo er seine Prothesen und Arzneimittel herkriegte. Wenn dieses Medikament existierte, auch noch so streng geheim, würde er hier irgendwo Spuren davon finden. Entschlossen machte sich Sam ans Werk.

Auf der Plattform, die nicht anders funktionierte, als jede legale Marktplattform im öffentlichen Netz, führte Sam die gleichen Abfragen durch, wie zuvor auf der Homepage des Pharmaunternehmens. Die Suche nach *byrapharm* würde ihm seitenweise Medikamente liefern, die Kombination aus dem Firmennamen und *Psychopharmaka* immer noch mehr, als er durchforsten mochte. Er beschloss es abermals mit der Nummer auf dem Etikett zu versuchen und ihm entfuhr ein zufriedenes Grunzen, als er einen direkten Treffer landete. Wie das

Fläschchen in seiner Tasche verfügte auch die Flüssigkeit in dem Behälter auf dem Foto über die gleiche grünliche Farbe.

»Neuroleptikum«, murmelte Sam, als er die spärlichen Angaben überflog. Keine Strukturformel, keine Molekularmasse, aber immerhin die Informationen, dass es sich um ein Butyrophenon handelte, was ihn nicht sonderlich überraschte. Zu den Butyrophenonen gehörten die hochpotenten Medikamente, welche eine starke antipsychotische und nur eine geringe sedative Wirkung zeigten, was auf die Ereignisse im Tower passte. Die Beschreibung der Wirkungsweise bestätigte dies.

Er hatte seine grüne Flüssigkeit gefunden. Erstaunlicherweise gab es genau einen einzigen Anbieter für das Zeug. Es war also kein Wunder, dass Sam Mühe hatte, es überhaupt ausfindig zu machen. Er trommelte mit den Fingern auf seine Beine und studierte die Beschreibung noch zweimal genau. Schlussendlich zog er etwas zurate, was er sonst stets ignorierte. Er öffnete das Fenster mit den Rückmeldungen anderer Kunden. Was er da las, ließ ihn die Stirn runzeln. Seitenweise negative Reviews. Anschuldigungen, der Anbieter sei ein Betrüger und dass die Angaben über das Produkt erlogen seien.

»Mist«, murmelte Sam und lehnte sich zurück.

Konnte es sein, dass er doch nicht gefunden hatte, was er suchte? Obschon die Beschreibung des Medikaments genau zu dem passte, was er selber beobachtet hatte?

»Scheiß drauf«, sagte er grimmig und warf zehn Stück des Produkts in seinen Warenkorb, den er sogleich bezahlte. Der Preis war erstaunlich günstig, was ihn umso misstrauischer machte. Doch auch wenn der Kerl nur so tat, als böte er das Mittel an, musste er mehr darüber wissen. Ins Kommentarfeld der Bestellung tippte Sam: *Wo das Geld herkommt, gibt's noch mehr. Brauche Informationen.*

Während er auf eine Antwort wartete, übertrug er eine Menge des Vorschusses von Pures Operation auf sein anonymes Coins-Konto. Er konnte sich vorstellen, dass die Verhandlung mit dem Kerl eine teure Sache werden würde, aber seine Neugierde war inzwischen zu groß, um den Fisch von der Angel zu lassen. Auf das Schwappen der Flüssigkeit konzentriert, drehte er das Fläschchen in den Fingern, als sein Handy ihm mitteilte, dass er eine Nachricht erhalten hatte. Etwas nervös öffnete er sie und las:

Wie viel?

Je nach Information, tippte Sam zurück.

In der nächsten Message befanden sich die Angaben für einen privaten IRC Chat. Sam zögerte nicht lange, besuchte die angegebene Adresse und loggte sich mit den mitgelieferten Credentials an.

[ISB534] Was willst du wissen?, erschien es sofort im geöffneten Chat-Fenster.

[YOU] Alles über das Neuroleptikum.

Lange Zeit herrschte Schweigen und Sam glaubte schon, dass sein Gesprächspartner sich verdrückt hatte. Doch dann kam die erneute Frage:

[ISB534] Wie viel?

[YOU] Genug.

Nach kurzem Zögern schickte er einen Printscreen seines Kontostandes nach. Auch wenn er nicht vorhatte, dem Kerl die ganze Summe zu überlassen, so würde es ihn hoffentlich davon überzeugen, dass das Geld existierte.

[ISB534] Neues Produkt von Byrapharm. Zurzeit noch in der Testphase.

Bingo!, dachte sich Sam.

[ISB534] Beschreibung ist clean, hängte der Informant an.

[YOU] Das sehen deine Käufer anders.

[ISB534] Das hängen die mir an!

[YOU] Das soll ich glauben?

[ISB534] Echt Mann. Ich hab schon drei neue Accounts erstellt, um das Zeug loszuwerden. Kaum ist es online, füllt sich das Reviewboard innerhalb weniger Stunden mit diesen Messages. Keiner davon hat je was bestellt, ich schwör's!

Sam kniff die Augen zusammen und wägte ab, wie viel daran wahr sein konnte. Warum sollte jemand so etwas tun? Außer derjenige wollte, dass niemand das Zeug kaufte.

[YOU] Ich will mehr wissen.

Wieder dauerte es eine ganze Weile.

[ISB534] Ich kann dir nicht viel mehr sagen.

[YOU] Warum nicht? Wie viel willst du?

[ISB534] Ich weiß nicht mehr darüber, darum. Bin nur ein Mittelsmann.

[YOU] Wer weiß mehr?

[ISB534] Mein Auftraggeber.

[YOU] Wie komme ich an den ran?

[ISB534] Wenn du denkst, ich fall ihm in den Rücken, irrst du dich, Freundchen.

Sam dachte nach: Es ist nicht sehr wahrscheinlich, dass er seinen Lieferanten verpfiff. Andererseits ...

[YOU] Wie viel hast du bisher verkauft?

[ISB534] Worauf willst du hinaus?

[YOU] Ich kann dir mehr Kohle bieten, als du mit dem Medikament hier einnehmen wirst. Bei den Rezensionen ...

Für eine lange Zeit schwieg sein virtuelles Gegenüber und Sam wusste, dass er ins Schwarze getroffen hatte.

[YOU] Ich kauf den gesamten Bestand.

Noch bevor der Händler reagieren konnte und die Preise anhob, führte Sam die Bestellung aus. Minuten vergingen und weckten Sams Nervosität. Er hatte absolut darauf gepokert, dass es dem Kerl lieber war, die unliebsame Ware loszuwerden, als dass er weiterhin Geschäfte mit dem Lieferanten machen wollte. Hatte er sich geirrt?

[ISB534 hat Ihnen eine Datei gesendet]

Sam grinste siegessicher, ließ einen Malware-Scanner über die Datei laufen und öffnete sie.

8. KAPITEL

Ein weiteres Mal passierte Sam den alten Bahnhof und überquerte dahinter die Limmat über die Fußgängerbrücke. Der Abend näherte sich und er war sich sicher, noch eine Weile auf sein Date warten zu müssen.

Laut der Datei, die der Händler ihm übermittelt hatte, suchte er nach einer Frau in den Vierzigern, die auf den Namen Vicky hörte. Er würde sie in einem Elektro-Schuppen namens *Blizzard* im Niederdorf finden und sie an der Schafstätowierung erkennen. Sam bezweifelte, dass es viele Frauen mit Schafen auf der Haut gab, hoffte aber, die Suche nach ihr würde sich nicht durch ein überfülltes Lokal verkomplizieren. Er hatte keine Lust unnötige Aufmerksamkeit auf sich zu ziehen, indem er sich nach den falschen Leuten erkundigte. Über das *Blizzard* hatte er in Erfahrung bringen können, dass es ein neuerer Club war, der, von den üblichen Drogenschiebereien abgesehen, sauber zu sein schien. Somit konnte er es sich sparen. in die Tiefen der Zürcher Nachtclubs abzutauchen.

Sam gähnte und blinzelte die Tränen weg, die in seine Augen traten. Die Kälte hatte sich schon seit dem Nachmittag in seinen Gliedern festgesetzt und wollte nicht verschwinden. Dies mochte zum einen damit zu tun haben, dass er die ganze Zeit auf den kalten Schienen gesessen hatte, zum anderen damit, dass die Müdigkeit tief in seinen Knochen steckte. Bis auf die wenigen Stunden in Crunchs Küche und dem Wegdösen in der Gefangenschaft, hatte er diese Nacht kein Auge zu getan und es nicht gewagt, sich eine Bleibe zu suchen.

Mit einem Grummeln schlang Sam die Arme enger um seinen Oberkörper und versuchte das Pochen in seinem Knie zu ignorieren. In seiner Tasche kullerten die letzten paar Schmerzpillen vor sich hin und er wollte sich nicht ausmalen, wie der Abend verlaufen würde, wenn sie ihm ausgingen. Ein Ausraster wie bei Crunch zu Hause konnte er sich im *Blizzard* nicht leisten. Die Tatsache, dass kalter Schweiß auf seiner Stirn stand und er immer wieder unkontrolliert blinzelte, um die farbigen Punkte vor seinen Augen zu vertreiben, ignorierte er.

Auf der anderen Seite des Flusses überquerte Sam den Central-Platz und bog in das Niederdorf-Quartier, eine der Vergnügungsmeilen der Stadt, ein. Sofort strahlten ihm grelle Lichter und Blinkreklamen entgegen, die entweder billige Drinks oder schöne Mädchen anpriesen. Sam hatte weder Verlangen nach dem einen noch dem anderen und die unruhige Beleuchtung zerrte an seinen Nerven. Um diese Uhrzeit hielten sich die Menschenmassen in Grenzen. Es war zu früh für die große Party und zu spät für das Feierabendbier. Dennoch streiften einige Paare oder Einzelpersonen durch die Gassen.

Sam fragte sich auf einmal, was für ein Wochentag überhaupt war und stellte überrascht fest, dass er keine Ahnung hatte. Sein Arbeitsplan hielt sich nicht an Wochenenden oder Blockzeiten und seit dem Anruf des Bluthundes war so oder so alles wirr in seiner Erinnerung. Bei dem Gedanken an den Kerl lief es Sam kalt über den Rücken und für einen Moment glaubte er, im Schatten zu seiner Linken eine Gestalt auszumachen. Erschrocken zuckte er zusammen, konnte auf den zweiten Blick aber nichts erkennen.

Kopfschüttelnd beschleunigte er seine Schritte. Seine Nerven waren mehr als nur angespannt. Neben der Müdigkeit trug die Tatsache, dass er vorige Nacht betäubt worden war und sich wie auf Entzug fühlte, ausreichend dazu bei, dass er sich Dinge vorzustellen begann. Dennoch wollte das ungute Gefühl nicht weichen und Sam hielt sich an die Fassaden der Gebäude zu seiner Rechten. Verdeckt in deren Schatten und etwas beruhigt durch die schützenden Wände entspannte er sich ein bisschen.

Er sollte sich besser darauf konzentrieren, was er Vicky fragen wollte, sobald er sie fand. Der Gedanke verzog sich sofort in den Hintergrund, als Sam eine schmale Seitengasse passierte und sich auf einmal Hände um seinen Oberarm legten. Mit einem erschrockenen Schrei machte er einen Satz zur Seite und schaffte es die Greifer grob von sich zu streifen und einen Blitzstart hinzulegen. Ohne sich umzublicken, hetzte er über die altertümlich gepflasterte Straße, den Kopf nach unten gesenkt, aus Angst vor dem, was er sehen könnte. Der Bluthund mitten in der Gasse vor ihm? Ein ganzes Team von Roths Killern, mit den Gewehren im Anschlag? Ein Lieferwagen von Byrapharm, der ihm den Weg abschnitt?

Sams Herz pochte und er spürte, dass weder sein Bein noch seine Lunge ihn weit bringen würden. Dennoch verharrte er keine Sekunde, sondern jagte voran. Erst als er über einen Spalt im Pflaster stolperte und hinfiel, erstarrte er. Keuchend hockte er auf allen Vieren und glaubte für einen Moment, sich übergeben zu müssen. Als keine Hände ihn anfassten, keine Schüsse gellten oder Rufe erschallten, brach die Wirklichkeit über ihn herein. Er wurde nicht verfolgt. Keiner wollte ihm was anhaben. Die Hand existierte bloß in seiner abgefuckten Nervenwelt. Zitternd wurde ihm bewusst, was für ein Wrack er war. Die Suche nach dem Medikament hatte ihn vielleicht von den letzten Geschehnissen abgelenkt, doch in Wahrheit war dies alles mehr gewesen, als er wegstecken konnte. Auf ihn war geschossen worden. Gekidnappt und eingesperrt. Crunch war tot und vermutlich verfolgte ihn der Bluthund. Kein Wunder, dass seine Nerven verrückt spielten. Kein Wunder, dass er auf der Stelle zusammenbrechen und schlafen könnte. Aber allem voran wollte er einfach nur vergessen. Sam hob langsam den Kopf und drehte ihn in alle Richtungen. Die Gasse war menschenleer und es drangen keine Schritte an seine Ohren. Nur die üblichen Geräusche einer Ausgehmeile. Vermutlich war er nur irgendwo hängen geblieben.

Alles ist in Ordnung.

Er atmete mehrere Male ein und aus, stemmte sich hoch und ließ die Schultern kreisen. Alles, was er brauchte, waren eine anständige Mahlzeit und ein Bett. Dann wäre er wieder etwas mehr der alte Sam. Plötzlich spürte er ein leises Stechen an seinem Hals und noch bevor er die Hand zu der Stelle heben konnte, verschwamm seine Sicht und er verlor den Boden unter den Füßen.

9. KAPITEL

Sams Gesicht war auf ein weiches Daunenkissen gebettet und der süßliche Geruch eines Damenparfüms stieg ihm in die Nase, überlagerte jedoch nicht den unverfälschten, natürlichen Duft einer Frau, der ebenfalls in dem Kissen lag. Sam wusste weder, wo er sich befand, noch wie er hierhergekommen war. Er war sich aber absolut sicher, nie zuvor an solch einem bequemen Ort gelegen zu haben. Er streckte die Beine durch und die Decke, die auf ihm lag, glitt mit jeder seiner Bewegungen mit und umhüllte ihn weiterhin wie ein Kokon. Die Matratze passte sich perfekt seinem Körper an, nicht zu hart und nicht zu weich.

Das Gesicht noch immer in dem duftenden Kissen verborgen, ließ Sam seine Hände über die Unterlage wandern und seine Fingerspitzen von dem feinen Material liebkosen.

»Seide«, beschloss er und unterdrückte einen genüsslichen Laut, als er sich zwischen Laken und Decke auf den Rücken rollte und sich tiefer in die wohlige Wärme kuschelte.

Während der Zeit bei seinem alten Arbeitgeber hatte Sam in einem Bett genächtigt, welches um einiges mehr geboten hatte, als die Schlafnische in seiner heutigen Praxis. Aber so etwas wie das hier hätte er sich nie erträumt. Was gab es überhaupt für Gründe aufzustehen, wenn man so ein Nest hatte? In dem Moment stieg ihm der Geruch von gebratenem Speck in die Nase und er riss die Augen auf.

Das Zimmer, in dem er lag, war groß und spartanisch mit modernen, glanzweißen Möbelstücken eingerichtet. Zu seiner Linken bestand die Wand aus raumhohen Fenstern und dahinter beleuchtete die noch schwache Morgensonne die prächtigen Hochhäuser eines Nobelquartiers. Sam schätzte, dass er selbst etwa im fünfzehnten Stock logierte. Zwischen den Wolkenkratzern blitzte ein niedrigeres, eher altertümlich anmutendes Gebäude auf, dessen Dach steinerne Figuren zierten. Es war das Zürcher Opernhaus, also musste er sich im Seefeld-Quartier befinden.

Was in aller Welt mache ich hier?

Da traf ihn die Erkenntnis wie ein Schlag. Er war betäubt und verschleppt worden. Schon wieder! Nur diesmal ließ die Art seiner Unterkunft in keiner Weise darauf schließen, in wessen Hände er geraten war. Die Signatur des Bluthundes trug sie auf jeden Fall nicht. Auf einmal angespannt schwenkte er die Beine über das Bett und bemerkte, dass er bis auf die Shorts ausgezogen worden war. Seine Kleidung erkannte er in einem unordentlichen Haufen neben dem Nachttisch. Er lauschte und konnte deutlich Geräusche hinter der Zimmertür ausmachen, als würde jemand in einer Küche hantieren. Das plötzliche Knurren seines Magens verriet ihm, dass sein Körper der Mahnung seines Kopfes zur Vorsicht nicht wahnsinnig viel Bedeutung beimaß. Trotz des Hungers und des verführerischen Duftes in der Luft, verzog Sam zunächst das Gesicht, als er das pelzige Gefühl auf seiner Zunge spürte. Was für einer Droge er dieses Mal zum Opfer gefallen war, sie hatte seinem Körper genauso mitgespielt wie die erste. Er griff nach dem vollen Wasserglas auf dem Nachttisch, schnupperte kurz daran und leerte es in einem Zug.

Gerade als er sich endgültig erheben wollte, glitt die Zimmertür zur Seite. Sam wusste für einen Moment nicht, ob er schreien, lachen oder sich bewaffnen sollte.

Doch schließlich starrte er Pure, die lässig im Rahmen lehnte, einfach nur an.

»Gut geschlafen?«, fragte sie mit Fältchen um Augen und Lippen, von denen Sam nicht recht einschätzen konnte, ob sie von einem leisen Lächeln oder von Anspannung stammten. Bevor er sie mustern konnte, drehte sie ihm den Rücken zu und meinte nur: »Frühstück ist bald fertig.«

Die Tür schloss sich hinter ihr und sie ließ Sam verdattert zurück. Also hatte ihn sein Gefühl am Vorabend nicht betrogen. Irgendwer hatte ihn verfolgt, doch es war nicht der Bluthund gewesen, sondern seine Patientin.

Mit gemischten Empfindungen grabschte er nach seiner Kleidung und rümpfte sogleich angewidert die Nase. Das Shirt roch so, wie er sich am Tag zuvor noch gefühlt hatte und er bezweifelte, dass sein eigener Körpergeruch sich im Schlaf verflüchtigt hatte. Neben dem breiten Schrank erkannte Sam eine weitere Tür und beschloss, sein Glück auf die Probe zu stellen.

»Hossa«, entfuhr es ihm, als er in das protzige Badezimmer dahinter trat. Alles blitzte in sterilem Weiß, kontrastiert durch geschwärzten Chromstahl und königsblaue Handtücher. In einer Ecke stand eine halbrunde Badewanne, die locker drei Leuten Platz bot und bestimmt mit den neuesten Massagetechniken ausgestattet war. Einen kurzen Moment spielte Sam mit dem Gedanken sie zu benutzen, entschied sich dann aber für die verglaste Duschkabine.

Während er sich an die Temperatur des Wasserstrahls gewöhnte, musterte er die automatischen Shampoo- und Duschgelspender. Er ließ sich etwas auf die Handfläche geben und der Geruch erinnerte ihn vage an eine der Noten, die dem Kissen innewohnte. Auf alle

Fälle war es definitiv auf Frauen abgestimmt. Sam wusste nicht, was man als Berufsmörder so verdiente, doch wenn dies Pures Bleibe war, so musste er sich ernsthaft überlegen die Branche zu wechseln.

Er stand länger unter dem Strahl, als er es je getan hatte, schrubbte jede einzelne Zelle seines Körpers und ließ das Wasser eine Ewigkeit einfach nur auf den kahlen Schädel prasseln. Als er in das dampfgefüllte Badezimmer hinaustrat, fühlte sich seine Haut an, als würde sie sich demnächst von ihm ablösen. Die heiße Dusche hatte seine Lebensgeister geweckt und einen großen Teil der Anstrengungen der letzten Tage wegspülen können.

Zurück im Zimmer bemerkte er überrascht, dass seine Kleidung weg war. Nicht dass er Lust hatte, sich in die stinkenden Klamotten zu zwängen, aber er würde nur ungern in ein Handtuch gekleidet mit Pure frühstücken. Er stellte sich vor den Schrank und durchforstete dessen Inhalt. Mit einer hochgezogenen Augenbraue begutachtete er die unzähligen Hosenanzüge, Zweiteiler und Cocktailkleider. Irgendwie wollte Sam nicht recht glauben, dass dies der Kleiderschrank einer Killerin war. Hier würde er kaum etwas Passendes finden, stellte er mit einem Seufzer fest und stampfte zurück ins Bad, um sich einen Morgenmantel überzustreifen, bevor er das Zimmer verließ.

Der Rest der großzügigen Wohnung war in derselben schwarzweißen Schlichtheit gehalten, bis auf einige farbige Möbel und Accessoires. Es traf nicht Sams Geschmack, aber das war es wohl, was man heute Stil nannte. Ihm gegenüber am anderen Ende des Wohnzimmers befand sich eine offene Küche, in der Pure hantierte. Als er sich näherte, drehte sie den Kopf und musterte ihn kurz.

»Ich hab dein Zeug in den Reiniger geschmissen. In

zehn Minuten solltest du sie rausholen können.«

Sam nickte bloß und kam nicht umhin, sie ebenfalls zu begutachten. Ihr Gesicht hatte eine gesunde Farbe, keine Muskeln zuckten und sie blinzelte nicht mehr ganz so oft. Offenbar hatte sich ihr Körper an den Fremdkörper gewöhnt. Die Pillenröhrchen auf dem Tresen erklärten auch weshalb.

Pure trug einen der Hosenanzüge, der ihr ganz gut stand. Etwas verlegen und nicht wirklich bereit ein ernstes Gespräch zu beginnen, blickte er sich im Wohnzimmer um.

»Keine Angst. Sie ist außer Haus«, rief Pure zu ihm herüber und Sam verzog das Gesicht, als er merkte, dass er tatsächlich nach Spuren von etwaigen Bewohnern Ausschau gehalten hatte.

»Deine Freundin?«, wagte er schließlich den Vorstoß, errötete aber sogleich, als er ihren überraschten Blick sah. Sie legte den Kopf schräg und hob die Augenbrauen.

»Glaubst du wirklich, ich würde dich zu mir nach Hause mitnehmen?«

Sam schüttelte bloß den Kopf und erkannte erst jetzt, dass Pures Anzug nicht perfekt saß. Grundsätzlich füllte sie den Stoff zu sehr und die Hosenbeine fielen über ihre nackten Füße. Die echte Besitzerin musste größer und schlanker sein.

»Die Besitzerin des Appartements«, erklärte Pure schließlich. »ist auf Geschäftsreise in Tokyo.«

Sam fragte nicht weiter. Natürlich war es bescheuert gewesen, anzunehmen, die Wohnung gehöre jemandem aus Pures engerem Umfeld. Etwas klingelte kurz auf und Sam wandte sich sofort erschrocken um.

»Der Reiniger«, murmelte Pure bloß und hantierte weiter mit der Pfanne.

Sam folgte der Herkunft des Geräusches und fand das Gerät in einem Wandschrank. Er nahm sich Zeit beim Anziehen der duftenden Kleidung und versuchte seine Gedanken zu sortieren. Irgendwie fühlte er sich nicht wie ein Gefangener. Andererseits war es auch schwer diese Atmosphäre in einem Luxusappartement aufrechtzuerhalten. Immerhin legte Pure es offenbar nicht darauf an, ihn zu fesseln wie ihr Arbeitgeber. Nicht, dass er sich reelle Fluchtchancen errechnete. Seufzend kehrte er in die Küche zurück und setzte sich an den Tisch.

»Bitteschön«, sagte Pure und stellte einen prall gefüllten Teller vor ihm ab.

Sofort füllte sich Sams Mund mit Wasser und sein Magen machte heftig auf sich aufmerksam. Speck, Eier, warmes Brot und gebackene Tomaten. Alles frisch, nicht die geschmacksmodifizierte Masse, die bei ihm ständig auf dem Tisch landete.

»Eine Schande. In den nächsten Tagen wäre das Zeug verdorben und der Kühlschrank hätte es entsorgt«, erklärte Pure, den Mund bereits voll. »Bedien dich, es gibt noch genug von allem.«

Das ließ sich Sam nicht zweimal sagen. Gierig schaufelte er das Frühstück hinein und konnte sich ein genüssliches Grunzen nicht verkneifen, als der kross gebratene Speck zwischen seinen Zähnen zerbrach.

»Das ist das Beste, was ich je gegessen habe«, murmelte er mit vollem Mund.

»Und dabei kann ich nicht einmal kochen«, erwiderte Pure.

Mit einem kurzen Seitenblick vergewisserte sich Sam, dass es als der Scherz gemeint war, den er herauszuhören dachte. Ihre Lippen umspielte dieses Mal wirklich ein kleines Lächeln. Den Rest verspeisten sie schweigend und Sam drängte die ganze Angelegenheit in die hinterste Ecke seines Verstandes. Er wollte noch eine Weile in der Illusion leben, dies sei seine Wohnung und es gäbe keinen Großindustriellen, der ihn umbringen wollte.

»Sorry für den groben Umgang«, zerriss Pure die wunderschöne Illusion und Sam beugte sich seufzend nach vorn, um sie in den Blick zu fassen.

»Du bist gestern so ausgetickt, als ich dich ansprechen wollte, da habe ich keine andere Möglichkeit gesehen.«

Sam nickte langsam. Offenbar waren seine Nerven wirklich am Ende gewesen, dass er dies nicht einmal mitgekriegt hatte.

»Was willst du von mir?«, wollte er wissen.

Sie erwiderte seinen Blick und für einen Moment kam sich Sam vor, als wäre er einem Nacktscanner ausgesetzt.

»Weshalb haben sie dich gehen lassen?«, fragte sie ernst.

Sam verschränkte die Arme vor der Brust.

»Haben sie nicht. Ich bin abgehauen.«

Nun stand ehrliche Überraschung in Pures Gesicht, doch sofort verfinsterte es sich.

»Du lügst«, blaffte sie. »Was haben sie dir gesagt? Was ist dein Auftrag?«

»Ich sage die Wahrheit. Es gab einen Fehlalarm und ich konnte im Chaos fliehen«, erwiderte Sam aufgebracht.

Was erlaubte sie sich, ihn anzuzweifeln? Er war mit Crunchs Hilfe entkommen und dieser hatte übel dafür bezahlt. Als würde er im Namen derer, die ihm das angetan hatten, Aufträge ausführen! Sam spürte, wie die Zornesröte in sein Gesicht schoss und sich sein Kiefer schmerzhaft verkrampfte. Pure hob nur eine Augenbraue.

»Okay, Doc. Was immer du sagst«, murmelte sie und versank sogleich in Gedanken.

Offenbar hatte er ihr nicht geliefert, was sie erhofft hatte.

»Der Japaner war bei mir«, erklärte Sam schließlich und Pures Kopf zuckte hoch.

»Der Bluthund?«

Sam nickte.

»Er sagte, dass sie uns beide nur wollen, damit ich die Operationen an dir beenden kann. Danach würde ich laufen gelassen und du arbeitest weiterhin für Roth Industries.«

Sam beobachtete ihre Reaktion beim Namen der Firma, doch sie blieb aus. Stattdessen stand sie auf und begann vor dem Küchentresen auf und ab zu gehen.

»Ich arbeite nicht für Roth Industries«, sagte sie und es hörte sich an, als wäre sie gedanklich weit weg. »Ich arbeite für Roth.«

»Schön«, erwiderte Sam und erhob sich ebenfalls. Er zögerte kurz, fügte dann aber hinzu: »Du glaubst ihm doch nicht etwa, oder? Dass alles so wird wie vorher?«

Pure verharrte in ihrem Schritt. Auch wenn er sie nicht wirklich lesen konnte, so verrieten das Kauen auf ihrer Unterlippe und die unruhigen Bewegungen ihrer Finger genug, um zu sehen, dass sie sich ihre Meinung selber noch nicht ganz gebildet hatte.

»Wie vorher?«, spuckte sie schlussendlich fast bösartig aus. »Mein Auge ist dahin. Nichts wird so sein wie vorher.«

Sam nickte nur und akzeptierte ihre Antwort, die eigentlich keine war.

»Ist das alles?«, fragte er indessen hin- und hergerissen zwischen Wut und Unsicherheit.

Sie machte eine unwirsche Handbewegung.

»Du kannst gehen oder bleiben, wie du willst. Ich wollte bloß mit dir sprechen.«

Sam wandte sich bereits zum Gehen, als ihn die Worte stutzen ließen.

»Warum«, begann er langsam und drehte sich zu Pure um, die ihn wie ein Raubtier im Blick behielt. »Warum tötest du mich nicht einfach?«

Nun unterbrach sie ihr Auf- und Abgehen endgültig und straffte die Schultern.

»Warum sollte ich?«, fragte sie.

»Wenn du mich aus dem Weg schaffst, hast du eine Sorge weniger. Ich könnte dich nicht mehr an deinen Boss ausliefern.«

Sie musterte ihn abermals eindringlich.

»Du glaubst dem Bluthund kein Wort. Du weißt, dass sie dich töten werden und dass ich es nicht tue. Du hast keinen Grund mich auszuliefern.«

»Dennoch« Sam blieb hartnäckig. Irgendetwas passte hier nicht zusammen. »Sicher ist sicher, oder nicht?«

Nun senkte Pure zu seiner Überraschung den Kopf.

»Hättest du mich auf dem Gelände von DeepCorp nicht zur Seite gestoßen, hätte mich der Betäubungspfeil erwischt. Du hattest recht, ich war nicht ich selbst. Die Nachwehen der Operation und der Verlust meines Auges haben mich mehr beeinflusst, als ich zugeben wollte.« Sie räusperte sich. »Ich schulde dir was.«

Etwas überrumpelt von diesen Zugeständnissen nickte Sam nur, zog seine Schuhe an und verließ das Appartement.

10. KAPITEL

Sam schätzte sich glücklich, sein ganzes Leben in Zürich verbracht zu haben. Nicht, dass die Stadt sonderlich schön oder besonders gut zu ihm gewesen war, aber er kannte immerhin die eine oder andere Ecke, wo man einen Tag lang untertauchen konnte. Auch wenn er seine Zeit selten außerhalb seiner eigenen Wohnung verlebte, so gab es unzählige Übergabeorte für das illegale Zeug, welches er für seine Arbeit benötigte. Und mit dem nötigen Kleingeld wurde einem vielerorts Einlass gewährt.

Jetzt, ein oder zwei Stunden nach dem üblichen Feierabend, strich er durch das Niederdorf wie am Abend zuvor. Doch heute fühlte er sich ausgeruht, gesättigt und nicht vom gleichen Verfolgungswahn befallen wie gestern. Als er sich den ganzen Tag den Kopf darüber zerbrochen hatte, was er jetzt tun sollte, war das *Blizzard* sein einziger Anhaltspunkt gewesen. Ein anderes Ziel hätte ihn dazu gezwungen weitaus ferner in die Zukunft zu planen und damit wollte er sich nicht befassen. Nicht solange er es weiter hinausschieben konnte.

Heute Abend näherte er sich dem Club ohne Probleme, wenn er auch das Gefühl verfolgt zu werden nicht ganz ablegen konnte. Er fragte sich, ob er das jemals wieder können würde. Schon von Weitem erstrahlte die neonweiße LED-Anzeigetafel mit den scharf gezackten Schneesternen und dem Schriftzug mit dem Namen der Bar. Die elektronische Musik dröhnte Sam entgegen und eine Menge Leute drängten bereits ins Innere des Clubs. Die Fenster waren verdunkelt, doch wie es schien, erstreckte sich das *Blizzard* über drei oder vier Stockwerke.

Sam rümpfte die Nase und fragte sich, wie er Vicky

unter all den Partygängern finden sollte. Eingelassen wurde er ohne Probleme, trotz der vielen Besucher bot die Location massig Platz. Im Innern war es heller als erwartet, aber immer noch düster. Immerhin hatte der Inhaber auf diesem Stockwerk auf Stroboskop-Lichter verzichtet. Sam hasste das unruhige Flackern und bevorzugte das kühle Strahlen der LEDs, die überall angebracht waren.

In der Mitte des weitläufigen Raumes, wo gewisse Bereiche mit alten Eisenplatten abgeschirmt waren, stand eine runde Bar. Die Getränkepreise fuhren als Leuchtschrift darüber im Kreis herum und ließen sich unmöglich zu entziffern. Wie so oft war der Club eine Mischung aus topmoderner Technik und baufälligem Fundament. Sam bevorzugte ein kaltes Bier in seiner Praxis. Der Gedanke weckte seinen Durst und er fand, dass er sich etwas verdient hatte nach den letzten Tagen. An der Bar arbeiteten nur zwei Mädels, dennoch wurde er ohne Umschweife bedient. Er beschloss einfach auf sein Glück zu vertrauen und fragte: »Kennt ihr eine Vicky?« Die Rothaarige schüttelte sofort den Kopf und leitete die Frage an ihre Kollegin weiter. Diese überlegte etwas länger, oder tat zumindest so und wiederholte die Geste. Mit seinem Importbier in der Hand lehnte sich Sam an die Bar und beobachtete die Leute, die eintraten. Wie sollte er vorgehen?

Sein Informant mochte Vicky schon öfters gesehen haben und auch wissen, wo sie sich meistens im Club aufhielt. Dem File, welches er Sam gesendet hatte, waren jedoch keinerlei derartige Informationen zu entnehmen. Ort, Name, Tattoo, Code-Phrase, das war alles. Sam nippte an seinem Bier und schlenderte durch den Club, der sich stetig füllte. Als er zurückrechnete, kam er zum Schluss, dass Freitag war. Im File stand, dass

Vicky praktisch an jedem Abend für zwei Stunden im Club war. Da hätte er sich auch einen besseren Tag aussuchen können. Doch es nutzte nichts, irgendwie musste er die Frau heute finden.

Was die Sache etwas einfacher machte, war die Tatsache, dass sie ihre Tätowierung offen auf dem Rücken trug und viele Frauen bereits durch ihre Kleidung ausschieden. Blieben genug, die mit knapp mehr als einem BH bekleidet waren. Nachdem Sam einige Zeit allen Frauen akribisch auf die nackte Haut gestarrt hatte und dabei mehr als einmal angeblafft worden war, fragte er sich, wie lange es dauern würde, bis man ihn hinauswarf. Er entschied, vorsichtiger zu sein und suchte sich auf dem nächsten Stock einen Beobachtungspunkt, der ihn etwas verdeckt hielt.

Dieser Floor ähnelte zur Hälfte dem ersten, der hintere Bereich bestand jedoch aus einer Tanzfläche und die Musik dröhnte lauter als im Erdgeschoss. Nicht lange und Sams Kopf pochte im Takt mit dem elektronischen Sound. Er merkte schnell, dass er so ebenfalls nicht fündig werden würde und mischte sich wieder unter die Leute. Inzwischen standen die Besucher so eng, dass man sich zwischen ihnen hindurchschlängeln musste, er wurde des Öfteren angerempelt und ab und zu schamlos begrabscht. Murrend schob Sam die Hand eines jungen Mädchens von seinem Hintern weg, worauf ihr laszives Lächeln erstarb und sie sich in eine andere Richtung wandte.

Das Blitzlicht, die ständigen Berührungen und die vielfältigen Gerüche des Nachtclubs ließen Sam schwindlig werden und je länger er dort war, desto mehr wollte er die Location verlassen. Es gab einen weiteren Stock, doch was, wenn er dort auch nicht fündig wurde? Die Leute bewegten sich, es war unmöglich, einen

Überblick zu behalten und wer sagte, dass Vicky überhaupt schon hier war? Oder nicht bereits wieder gegangen? Ausgelaugt lehnte sich Sam an die Wand und kniff die Augen zusammen. Der Bass der Musik fuhr dröhnend durch seinen Körper und ließ sein Innerstes vibrieren, so zumindest fühlte es sich an. Immer stärker hatte er das Gefühl, als würden die Schwingungen in der Luft an den Knochen in seinen Gliedern reiben und wie auf Kommando erschien das leidvolle Ziehen und Stechen in seinem Knie.

»Wunderbar«, murrte er und rieb die Stelle, obschon er wusste, dass es nichts half. Mit zusammengebissenen Zähnen erklomm er die Treppe zum dritten Stock, kehrte jedoch sofort wieder um, als ihm noch lautere Musik und wilderes Licht entgegenkamen. Vicky oder nicht, das würde er sich nicht antun.

Wo steckst du bloß, du Schaf?, dachte er sich und schlug sich zurück ins Erdgeschoss. Kaum hatte er die unterste Treppe erreicht, stach ihm eine Frau an der Bar ins Auge. Sie trug ein schwarzes, am Rücken tief ausgeschnittenes Top und eine Tätowierung zwischen den Schulterblättern. Die locker hochgesteckten Haare waren giftgrün und einige lose Strähnen verdeckten die Hälfte des Motivs. Auch über die Distanz und trotz des rhythmischen Wippens ihres Oberkörpers erkannte Sam, dass es sich bei dem Tattoo nicht um ein Schaf handeln konnte. Die Form erinnerte eher an ein Gesicht.

Enttäuscht drängelte sich Sam dennoch zur Bar vor. Der kurze Hoffnungsschimmer hatte ihm genug Verbissenheit zurückgegeben, um sich ein neues Bier zu holen und nochmals eine Runde zu drehen. Er lehnte sich neben der Frau an den Tresen, nachdem er sein Getränk erhalten hatte. Die grünen Haare leuchteten im ständig wechselnden Licht und das Farbspiel fesselte Sam irgendwie. Er ließ seine Augen tiefer über ihren Nacken gleiten und hätte beinahe die Flasche fallen lassen.

Er glotzte auf die Tätowierung, welche trotz allem ein Schaf zeigte. Doch anstatt eines grasenden Herdentiers, wie Sam es erwartet hatte, blickte ihm nur der Kopf des Tieres entgegen. Dieser wirkte auf der einen Seite unglaublich realistisch. Und wütend. Auf der anderen Hälfte, zwischen der zerrissenen Haut des Schafs, blitzten Schaltkreise, Kabel und Stahl hervor. Ein Cyborg-Schaf. Sam starrte unverfroren auf das Abbild, bevor es aus seinem Blickfeld verschwand und er stattdessen auf ein paar Brüste unter einem schwarzen Shirt blickte.

»Suchst du was?«, fragte die Frau und sah ihn mit spöttisch hochgezogener Braue an. Sam schüttelte sofort den Kopf und richtete die Augen auf die Menge. Dann entsann er sich seinem Vorhaben und räusperte sich.

»Ungewöhnliches Motiv«, sagte er im nebensächlichen Ton und nickte in ihre Richtung. Aus dem Augenwinkel erkannte er, wie sie ihre Position auf dem Barhocker veränderte, doch er blieb gelassen.

»Kennst du Dick?«, lautete ihre nächste, von ihm erwartete Frage.

»Dein Freund?«, antwortete er gemäß Drehbuch.

Nun nahm sie einen Schluck von ihrem Drink.

»Nein, ein alter Schriftsteller. Nicht so wichtig.«

Sam konnte nicht behaupten, dass er sonderlich belesen war, aber er hatte nach diesem Dick gesucht, bevor er losgegangen war. Es handelte sich dabei um einen amerikanischen Science Fiction-Autor aus dem zwanzigsten Jahrhundert und als er sich die Buchtitel durch den Kopf gehen ließ, fügte sich das Puzzle zusammen.

Do Androids dream of electric sheep?

Er konnte sich ein Lächeln nicht verkneifen. Ihr aufmerksamer und musternder Blick brachte ihn zu ihrem Gespräch zurück und für einen Moment befürchtete er, seinen Einsatz verpasst zu haben.

»Ich lese nur Liebesromane«, log er entsprechend der Vorgabe und sie glitt von ihrem Hocker. Die Passphrase war damit beendet und Sam folgte Vicky, als sie sich vor ihm durch die Menge schlängelte. Nicht unglücklich erkannte Sam, dass sie den Ausgang ansteuerte und er stellte die noch volle Bierflasche ab, um seine Jacke zu schließen. Draußen sprach sie kein Wort, sondern hakte sich bei ihm ein und führte ihn. Entgegen seiner Vermutung bogen sie in keine düstere Seitenstraße ein, stattdessen blieben sie auf dem Hauptweg durch das Niederdorf.

»Ich kenne dich nicht«, meinte Vicky schlussendlich.

Sam nickte.

»Du machst das nicht zum ersten Mal, nicht wahr?«

Wieder bestätigte Sam und überlegte sich kurz, ihr zu verraten, dass er eine illegale Arztpraxis betrieb. Er ließ es bleiben und sagte stattdessen: »Ich bin durch das Neuroleptikum an dich gelangt.«

Nun verlangsamte sich ihr Schritt kaum merklich.

»Woher wusstest du, wie du mich finden kannst?«, fragte sie misstrauisch.

»Das bevorzuge ich, für mich zu behalten.«

Nicht dass es relevant wäre, aber er wollte seinen Informanten nicht in Schwierigkeiten bringen. Ihr amüsierter Blick verriet ihm jedoch, dass sie ganz genau wusste, wer der Verräter in ihren Reihen war.

»Ich habe bereits einen Unterhändler für das Medikament. Was willst du also von mir?«

»Informationen«, antwortete Sam.

Ohne weiterzufragen, sagte sie: »Es stammt aus einem Labor von Byrapharm und befindet sich in der Testphase.«

Nichts, was Sam nicht bereits wusste und er konnte sich vorstellen, dass alles Weitere etwas kosten würde.

»Warum vertickst du es, wenn es sich noch in der Testphase befindet?«

»Warum kaufst du es, wenn es sich noch in der Testphase befindet?«, lautete ihre Gegenfrage und Sam wurde bewusst, dass sie ganz genau wusste, wer er war.

»Touché«, murmelte er und riss sich von ihrem Gesicht los.

Sie wirkte um einiges jünger, als in ihrer Beschreibung stand und ihre Augen waren modifiziert, sodass sie an die Pupillen einer Katze erinnerten.

»Warum nicht warten, bis es offiziell auf dem Markt ist? Das würde euch den Stress mit den Negativbewertungen ersparen und immer noch genügend Abnehmer einbringen.«

Sie legte den Kopf schräg und leckte sich über die Lippen.

»Hör mal, Süßer. Ich bin kein Informationskiosk, okay?«

»Schon klar«, murmelte Sam. »Du weißt, dass ich den ganzen Bestand gekauft habe, also weißt du auch, dass ich Geld habe. Daran soll es nicht liegen.«

Sie zuckte mit den Schultern.

»Gut.«

»Also«, begann Sam noch einmal. »Warum nicht warten, bis es offiziell erhältlich ist?«

»Weil es nie offiziell erhältlich sein wird.«

Nun verharrte Sam im Schritt, wurde aber sofort von ihr weitergezogen, sodass sie wie ein schlenderndes Paar aussahen. Wenn sie die Wahrheit sagte, erklärte das, warum nicht sonderlich viel Überredungskunst nötig gewesen war, um diese Info aus ihr herauszukriegen.

»Warum das?«

»Kennst du dich mit Pharmakologie aus?«, fragte sie stattdessen und er wog den Kopf von einer Seite zur anderen.

»Nicht wirklich.«

Sie schnalzte mit der Zunge.

»Einfach gesagt, das Medikament zeigt eine unglaublich starke antipsychotische Wirkung. Stärker als alles, was bisher auf dem Markt ist. Gleichzeitig ist seine sedative Wirkung gleich null.«

Ihre Worte deckten sich mit dem, was Sam beobachtet hatte. Als er sie nicht unterbrach, sprach sie weiter.

»Laut dem Miller-Gesetz erfüllt das Medikament diverse Kriterien, um direkt auf der Blauen Liste zu landen. Es ist verboten. Zu viele Nebenwirkungen.«

Sam hob überrascht eine Augenbraue. Das Miller-Gesetz war vor gut fünfzehn Jahren von den USA kopiert worden und enthielt eine unendliche Liste an Kriterien, die ein gängiges Medikament erfüllen musste, um auf den Markt zu kommen. Sam erinnerte sich an das riesige politische Gemetzel, als es eingeführt werden sollte und somit direkt eine Handvoll geläufiger Schweizer Pharmazeutika auf die Blaue Liste, die Datenbank der verbotenen Arzneimittel, setzte.

»Ich arbeite im Labor von Byrapharm und als man uns den Auftrag erteilt hat, sind bei uns zuerst einmal ein paar an die Decke gegangen«, erklärte Vicky weiter. »Einige weigerten sich, daran mitzuarbeiten und wurden versetzt. Uns andere hat die wissenschaftliche Neugierde wohl dazu angetrieben, dabei mitzumachen.« Sie zuckte mit den Schultern. »Wir haben bereits Wetten abgeschlossen, wann das Ganze eingestampft wird. Also dachte ich mir, ich schlage Profit daraus, so lange ich kann. Immerhin ist das Mittelchen ein ziemliches Glanzstück, muss man sagen.«

Nicht wenig Stolz schwang in ihrer Stimme mit. Sam hörte nur mit einem Ohr zu, weil er versuchte aus den Informationen schlau zu werden. Also waren Roths Leute auf die gleiche Weise an das Medikament gekommen wie er: über den Schwarzmarkt. Er fragte sich, in welch großem Stil Roth Industries das Mittel bereits verwendete.

»Keine Ahnung, was die Roth sich dabei dachte«, plapperte Vicky kopfschüttelnd weiter. Es dauerte einige Sekunden, bis der Satz in Sams Gehirn angekommen war.

»Roth?«, japste er dann auf. »Wie in ... Frau Xaver Roth?«

Vicky musterte ihn von der Seite und mochte sich fragen, was jetzt schon wieder in ihn gefahren war.

»Nicht ganz. Mehr wie CEO Chantal Roth, Xaver Roths Schwester und Boss von Byrapharm. Aber das ist nun wirklich kein Geheimnis.«

Schwindel überkam Sam, als er angestrengt nachdachte, doch er verbannte das Gefühl aus seinem Kopf. Byrapharm hatte gar nicht vor, das Medikament auf den Markt zu bringen, sondern es diente nur dazu, die Mitarbeiter von Roth Industries ruhig zu stellen.

»Was für Arschlöcher«, murmelte Sam und spürte, wie der Zorn in ihm aufstieg.

Nicht, dass er großes Vertrauen in die Regierung hegte, doch die Kaltschnäuzigkeit, mit der ihre Gesetze hier einfach umgangen wurden, bereitete ihm Übelkeit. Vor einigen Jahren hatte er genau an der Stelle gestanden, wie die Ärztin, die er im Prime Tower beobachtete hatte, bloß für einen anderen Arbeitgeber. Die Tatsache, dass genauso gut er selbst das Medikament hätte injizieren können, schnürte ihm die Kehle zu. Skrupel trieben ihn damals davon weg. Er mochte noch immer eine illegale Praxis betreiben und Operationen durchführen, die gegen Gesetze verstießen, doch die Leute kamen freiwillig zu ihm. Zumindest meistens.

Der Gedanke führte ihn zu Pure und wieder wog eine Welle von Wut in ihm auf. Sie arbeitete für Roth. So wie es den Anschein machte sogar eng an seiner Seite. Wie heuchlerisch von ihr, sich selbst gegen jegliches Modding zu wehren und gleichzeitig zu tolerieren, dass ihr Arbeitgeber so mit seinen Angestellten umging.

»Was ist los?«, hörte er Vicky fragen, doch alles Weitere ging im Rauschen in seinen Ohren unter. Er wandte den Kopf und fasste die steinernen Engel auf dem Dach des Opernhauses in den Blick, die in der Ferne aufragten.

11. KAPITEL

Mit einem verbissenen Ausdruck auf dem Gesicht stand Sam vor dem Eingang des Hochhauses und überlegte, ob er sich Pure ankündigen sollte, indem er klingelte. Auf der einen Seite konnte es sein, dass sie ihn gleich wegjagte, andererseits wusste er nicht, wie er sonst überhaupt in das Gebäude gelangen sollte.

Die Entscheidung wurde ihm abgenommen, als er einer älteren Dame Platz machte, die sich ihm von hinten genähert hatte und sich räusperte. Sie trug teuer aussehendes Pelzimitat und übertriebenes Make-up. Die Art, wie sie ihn musterte und dabei die Mundwinkel nach unten verzog, verriet, was sie von ihm hielt.

»Wollen sie zu der Dame im neunten Stock?«, fragte sie ihn und betonte das Wort *Dame* bewusst herablassend. Sam wusste nicht, von welcher Art die Frau im neunten Stock war, witterte aber seine Chance und nickte. Als die Tür zur Seite schwang, winkte die Frau ihn hinein und folgte ihm. Er bedankte sich knapp mit einem Nicken und wandte sich an den Fahrstuhl. Sie stellte sich neben ihn.

»Sie sollte sich mal entscheiden«, teilte ihm die Frau ihre Gedanken mit. »Aber das ist ja nicht mein Leben, nicht wahr? Meine Meinung interessiert niemanden.«

Sam schluckte einmal und begann von einem Fuß auf den anderen zu treten. Ihre Meinung war ihm tatsächlich egal, doch irgendwie machte die Alte ihn nervös. Was war bloß los mit ihm, dass er in letzter Zeit so schwache Nerven hatte?

Vielleicht die Tatsache, dass du um dein Leben fürchtest?, erinnerte er sich selbst trocken.

Als der Fahrstuhl das Erdgeschoss erreichte und die

Türen auseinanderglitten, hätte Sam am liebsten laut geflucht, denn die Dame gesellte sich zu ihm in den Lift. Bis zum neunten Stock hörte er sich an, wie wenig sie von der besagten Frau hielt und dass sie nicht in ein solch ehrenwertes Haus gehörte. Doch das wäre natürlich nicht an ihr zu entscheiden. Im Neunten trat Sam schweigend aus dem Aufzug, wartete, bis sich die Türen geschlossen hatten, um den nächsten bis zur Maisonette-Wohnung unter dem Dach zu nehmen.

Dort stellte sich ihm dieselbe Frage wie zuvor und er beschloss, dass es von keiner großen Vernunft zeugte, in die temporäre Bleibe einer Killerin einsteigen zu wollen. Also fuhr er mit dem Finger über das Touch-Panel an der Tür und wartete. Als eine ganze Weile lang nichts geschah, fragte er sich, ob Pure das Feld bereits geräumt hatte, dann jedoch glitt die Tür zur Seite und gewährte ihm Einlass. Kaum hatte er einen Fuß in die Wohnung gesetzt, kam Pure um die Ecke gerauscht und stellte sich ihm in den Weg. Sie trug noch immer den Anzug, hatte den Blazer jedoch abgelegt und die Ärmel hochgekrempelt. Sie bedachte ihn mit einem wilden Blick, den Sam für den Moment irritierte. War sie wütend? Oder bloß sehr überrascht?

»Was tust du hier?«, zischte sie ihm entgegen und baute sich mit übereinandergeschlagenen Armen vor ihm auf.

Kurz überlegte Sam, ob er nicht lieber das Weite suchen sollte. Doch dann erinnerte er sich an all die Informationen, die er gesammelt hatte und die Wut grollte wieder in seinem Bauch.

»Ich bin hier um dich zu fragen, wie du für Bastarde wie die Roth-Geschwister arbeiten kannst. Kommst du dir nicht unsäglich heuchlerisch vor, Pure?«

Er spuckte ihren Namen förmlich aus. Sofort veränderte sich ihr Blick, wurde aber nicht unbedingt freundlicher. Der Zorn wich Verwirrung.

»Roth-Geschwister? Wovon laberst du? Ich arbeite für Xaver, niemanden sonst.«

Offenbar war sie nach wie vor aufgebracht, denn ihre Stimme klang gepresst, als müsse sie ein Schreien unterdrücken.

»Und seine Schwester? CEO von Byrapharm? Von ihr weißt du wohl nichts.«

»Natürlich weiß ich von ihr, ist ja kein Staatsgeheimnis. Was sollte mich das interessieren?«

Nun fummelte Sam in seiner Tasche herum und holte das Fläschchen heraus.

»Deswegen! Dein Boss füttert seine Angestellten mit illegalen Drogen, die seine Schwester herstellt. Und du siehst dabei zu!«

Pure machte Anstalten nach dem Gefäß zu greifen, doch Sam zog die Hand vorher zurück.

»Ich habe keine Ahnung, was das ist und wovon du sprichst«, blaffte Pure und wandte sich ab.

»Natürlich«, antwortete Sam zynisch. »Weil du vermutlich keine Ahnung haben willst.« Er fasste sie am Arm, als sie weglaufen wollte. »Dieses Medikament verwandelt einen Menschen in eine leere Hülle. Einen Zombie, wenn du so willst! Und alles im Auftrag der Roth-Geschwister. Und du überlegst ernsthaft, zurück zu deinem Boss zu gehen? Trotz alledem?«

Nun drehte sich Pure halb zu ihm um und fasste das Fläschchen in den Blick. Für einen Moment sah sie verunsichert aus, wie damals, als er ihr über die Konsequenzen ihres Auges erzählt hatte. Dann verhärtete sich ihr Ausdruck und sie riss sich los.

»Was bringt dich in die Position darüber zu urteilen, Junkie?«, zischte sie und das Wort *Junkie* betonte sie auf dieselbe negative Art, wie er vorhin ihren Namen. »Du bist doch süchtig nach dem Zeug, obwohl du es besser wissen solltest.«

»Ich ...«, begann Sam, dann blieb ihm die Luft weg.

Wie wagte sie es? Erbost hob er die Faust. »Wechsle nicht das Thema. Hier geht es um was ganz anderes!«

»Ach ja?« Nun erhob auch sie endlich die Stimme. »Findest du es nicht genauso heuchlerisch gegen ein Medikament vorzugehen, wenn du selber abhängig bist?«

»Nicht davon!«, nun schrie Sam beinahe, während er die grüne Flüssigkeit vor ihrem Gesicht hin und her schwenkte.

»Pure?«

Eine gedämpfte Stimme aus dem Inneren der Wohnung ließ Sam verstummen.

»Was ...«, doch bevor er die Frage zu Ende stellen konnte, machte Pure zwei Sätze und verschwand im Schlafzimmer, wo Sam am selben Morgen aufgewacht war. Für einen Moment war er wie erstarrt. Jemand war hier. Sollte er verschwinden? Falls es einer von Roths Leuten war, so würde er nicht brav im Schlafzimmer sitzen, während zwei ihrer Flüchtigen im Gang diskutierten, oder? Ging es ihn etwas an, wen Pure in ihrem Bett hatte? Er wollte sich bereits zum Gehen wenden, als die Neugierde ihn übermannte. Immerhin gab es einen Streit, der noch nicht zu Ende war.

Leise schlich er sich den Korridor entlang bis zu der Zimmertür, die jedoch nicht zur Seite glitt, als er an sie herantrat. Ein wenig beschämt über sein Verhalten legte er das Ohr an die Tür und versuchte gleichzeitig durch den Türspalt zu spähen. Etwas zu erkennen war unmöglich, jedoch konnte er deutlich zwei Stimmen ausmachen. Pures und die eines Mannes, die ihm irgendwie bekannt vorkam.

»Alles in Ordnung, Yo«, hörte er seine Patientin sagen und war bestürzt über die Sanftheit, die in ihrer Stimme lag. »Das war nur ein mühsamer Nachbar, der uns wohl gehört hat.«

Der Mann lachte dunkel aus dem Innern seiner Kehle. Dann sprach für eine Weile niemand, jedoch erklangen eindeutige Schmatzgeräusche. Offenbar handelte es sich tatsächlich um Männerbesuch. Sam errötete leicht und wollte sich bereits davonstehlen, als sich die männliche Stimme erhob.

»Es wird alles gut, Pure. Alles lässt sich regeln.«

Und da wusste Sam plötzlich, wo er die Stimme schon gehört hatte.

Mit einem unterdrückten Aufschrei riss er den Kopf zurück und stolperte rückwärts. Er befand sich im Gang in Richtung Ausgang, als die Tür hinter ihm beiseite glitt. Sam konnte nicht anders, als sich umzudrehen. Da stand der Japaner, gekleidet in eine weite Stoffhose, den vernarbten, durchtrainierten Oberkörper entblößt. Lockere Strähnen fielen von seinem Haarknoten in das von Überraschung geprägte Gesicht.

»Du?«, presste er hervor und griff sogleich an seine Hüfte, wo seine Pistole zwischen den Stofflagen verdeckt geblieben war.

Für den Moment erstarrte Sam, wie ein wildes Tier im Scheinwerferlicht eines Bodenfahrzeugs. Doch bevor der Bluthund den Abzug betätigen konnte, umfasste Pure seinen Arm und presste ihn sanft nach unten.

»Nicht, Yoshi. Bitte«, murmelte sie kaum hörbar und für einen kurzen Augenblick besänftigten sich die Züge des Japaners. Er schloss die Augen und atmete tief durch. Dann erklang so etwas wie ein Wimmern und Sam hätte beinahe über diese Absurdität losgelacht.

Obwohl er sich beherrschen konnte und das Geräusch in seiner Kehle erstickte, schnappten die Augen des Japaners auf und das Blut schoss ihm ins Gesicht. Wütend strich er Pures Hände von sich und hob die Waffe erneut.

»Du nimmst sie mir nicht«, knurrte er.

»Yoshi ...«, begann Pure beschwichtigend, doch er holte aus und schlug den Lauf der Pistole in ihr Gesicht. Mit einem Schrei taumelte sie zurück und fasste sich an die Stirn.

»Du verlässt mich nicht wieder!«

Scheiße, dachte Sam und verkrampfte sich, ohne sich von der Stelle zu bewegen. Er hob langsam die Hände.

»Sie gehört dir, okay?«, sagte er dann. »Sie liebt dich. Ganz offensichtlich.«

Sam war sich ziemlich sicher, dass diese Aussage eine Lüge war und zweifelte keine Sekunde daran, dass Pure es verstand, Männer um den Finger zu wickeln.

»Wirklich«, erklang ihre Stimme leise und sie trat wieder einen Schritt an den Japaner heran. Blut tropfte durch die Finger an ihrer Stirn und floss langsam in ihr künstliches Auge.

»Yo«, fuhr sie fort.

Dieser hielt die Waffe direkt auf Sam gerichtet und sein Blick war genauso wild wie zuvor. Doch seine Lider zuckten unruhig und er unternahm nicht den Schritt abzudrücken, den Sam noch vor einer Sekunde hervorgesehen hatte. Pures Einfluss auf ihn war unmöglich zu übersehen, doch sie hatte ihn nicht vollkommen in ihren Händen, so viel stand fest. Einem so sprunghaften Menschen mochte wohl niemand recht die Zügel anlegen. Sam fragte sich, wie sein Boss mit ihm klarkam. Sams Blick traf kurz Pures, in dem Ratlosigkeit stand. Yoshi stieß einen zischenden Laut aus und verkrampfte sich sofort, was wohl bedeutete, dass ihm der Austausch nicht entgangen war. Er streckte seinen Arm weiter durch und Sam erkannte das Unausweichliche.

Automatisch kniff er die Augen zusammen und zählte, um die Zeit bis zu seinem Tod zu verkürzen. Doch anstelle eines Knalls erklangen ein dumpfer Schrei und ein Poltern. Sam riss die Augen auf und wagte für einen Moment nicht zu atmen. Vor ihm ließ sich Pure langsam zu Boden sinken, den schlaffen Körper des Japaners in den Armen. Beinahe behutsam legte sie ihn hin, langte über ihn hinweg und nahm die Waffe an sich, die immer noch in seiner Hand lag. An seiner linken Stirnseite floss ein dünnes Rinnsal von Blut. Mit einem Sprung setzte sie über ihn hinweg, fasste Sam am Arm und zog ihn aus der Wohnung.

»Verschwinden wir«, sagte sie und Sam mochte nur zustimmen.

12. KAPITEL

Sam konnte sich nicht genau erinnern, ab wann er die Führung übernommen hatte. Pure folgte schweigend ohne Widerwillen. Ihm selbst war ebenfalls nicht sonderlich nach Reden zumute, auch wenn ihm vieles durch den Kopf ging. Ein weiteres Mal suchte er sich seinen Weg in den Slums von Zürich, darauf bedacht einen Bogen um seine Praxis und Crunchs zu Hause zu schlagen. Sein Bein hatte schon vor einiger Weile grausam zu schmerzen begonnen, doch er unterdrückte den Drang etwas einzuwerfen. Schlussendlich führte er Pure zu einer alten Bahnunterführung. Ganz einfach, weil er kein besseres Ziel in nächster Nähe kannte und die Erschöpfung überhandnahm. Immer noch schweigend ließ sie sich neben ihm an der Wand zu Boden gleiten und stierte geradeaus.

Sam wusste nicht recht, ob sie nachdachte oder im Gegenteil versuchte, alles auszublenden. Bei ihm selbst ging ein Prozess aus beidem vor. Nachdem sie eine Weile nur stumm dagesessen hatten, hielt er die Stille nicht mehr aus. Doch er beschloss, den Streit nicht an der Stelle aufzugreifen, wo sie aufgehört hatten.

»Woran leidet er?«, fragte er stattdessen und musterte Pures überraschte Miene.

»Sag du es mir, Doktor«, antworte sie schlussendlich seufzend.

Sam zog die Beine an seinen Körper und umfasste die Knie. Einen Moment zögerte er.

»Eine Art Persönlichkeitsstörung, nehme ich an. Seine Launen schwanken von aggressiv und brutal zu bedacht und schweigsam, zu ...«

Er schenkte ihr einen scheuen Seitenblick.

»Zu anhänglich und liebevoll«, beendete sie seinen Satz nüchtern. »Nicht zu vergessen, die Zustände depressiv sowie eiskalt. Yoshi hat viele Seiten.«

Sam nickte.

»Er ist ziemlich durchgemodded, nicht wahr?«, fragte er dann.

»Was du dir denken kannst. Schon sehr früh wurden ihm sämtliche Gliedmaßen ausgebessert. Der Rest folgte nach und nach.«

»Kostspielig.«

»Sehr«, pflichtete ihm Pure bei. »Kommt davon, wenn man die rechte Hand des Chefs ist. Oder sein Adoptivsohn. Oder sein Bastard. Oder sein Liebhaber. Welches der Gerüchte auch immer wahr ist.«

Langsam fügte sich das Puzzle zusammen.

»Er ist zäh«, erriet sie seine Gedanken. »Andere hätten schlimmere psychische Schäden davongetragen, so schnell, wie das Modding bei ihm stattgefunden hat.« Bevor Sam etwas erwidern konnte, sprach sie weiter. »Dieses Medikament. Was hat es damit auf sich?«

Er musterte lange ihre Gesichtszüge und kam zum Schluss, dass er ihr schlicht glauben musste.

»Du hast es wirklich noch nie gesehen?«, fragte er ein letztes Mal und sie schüttelte den Kopf.

Tief durchatmend holte er die Phiole heraus.

»Es ist unglaublich stark und hat einen enormen Einfluss auf die Psyche. Ich habe seine Wirkung beobachtet, als ich aus dem Prime Tower geflohen bin. Sie ist ...« Er machte eine vage Handbewegung in der Luft. »verstörend.«

Pure nahm das Fläschchen an sich und drehte es langsam hin und her.

»Und du denkst, dass Roths Schwester das Medikament für ihn herstellt, damit er seine Mitarbeiter in Arbeitsroboter umwandeln kann?«

Sam nickte und verfolgte jede ihrer Bewegungen mit den Augen. Er glaubte nicht, dass sie die Phiole kaputtmachen oder damit abhauen würde, dennoch knotete sich sein Magen bei der Vorstellung, es zu verlieren, zusammen. Mit ihm verschwänden auch seine Motivation und sein Ziel und er müsste sich auf einmal um seine Zukunft kümmern. In dem Moment streifte ein neuer Gedanke durch seinen Kopf. Der Gedanke daran, das Mittel auf seine Haut zu träufeln und zu beobachten, wie es darauf heruntерglitt, wie ein feiner Tropfen verdünnten grünen Blutes. Er dachte daran, es in eine Spritze zu füllen und die Nadel mit einer behutsamen Bewegung im Ellenbogen zu versenken. Das Medikament präzise in seine Vene zu pressen und abzuwarten, bis die Wirkung einsetzte. Bis der sanfte Rausch ihn einholte und seinen Kopf in Watte packte.

Beschämt, als hatte er an etwas absonderlich Obszönes gedacht, wandte Sam die Augen ab und biss sich in die Wange, um sich abzulenken. Pure schien das Abschweifen nicht aufgefallen zu sein.

»Das ist doch Blödsinn«, murmelte sie schließlich und reichte ihm das Fläschchen zurück.

Sam wollte bereits auffahren, hielt sich aber zurück, als er erkannte, dass ihm die Argumente ausgingen. Er hatte gesehen, was er gesehen hatte und gehört, was man ihm erzählte. Über die Wirkung des Mittels bestand kein Zweifel. Was wenn seine Schlussfolgerungen falsch waren? Immerhin schien Pure tatsächlich nichts davon zu wissen. Was wenn Roth unbeteiligt war? Was, wenn einer seiner Mitarbeiter, das Medikament erstanden hatte, ohne dass er etwas davon wusste?

Irgendwie schien es Sam auf einmal, als spielte es keine Rolle mehr. Er war wütend gewesen über das, was

Vicky ihm erzählt hatte und die Wut hatte ihn unvernünftig werden lassen. Ja, das Medikament war schrecklich und illegal. Aber erstens hatte er kein Recht gehabt, Pure deswegen zu beschuldigen und zweitens konnte er genau nichts dagegen unternehmen. Glücklicherweise war es immerhin verboten und hatte offenbar auch einen schweren Stand auf dem Schwarzmarkt.

Mit verkrampften Händen fasste sich Sam in die Taschen, fand die angepeilten Schmerzmittel aber nicht sofort. Stattdessen kriegte er einen zusammengefalteten Zettel zu fassen, den er sogleich herauszog. Neugierig entfaltete er ihn und blickte mit zusammengekniffenen Augen auf die kurze Notiz unter der stand *Damit hatte ich nichts zu tun! Vicky*. Mehrere Male blinzelte er. Dann räusperte er sich.

»Ich muss weg.«

»Was?«, fragte Pure und drehte sich zu ihm um. »Wovon redest du?«

»Ich muss mal.«

Ihr musternder Blick schien ihn förmlich auszuziehen und Sam konnte nicht anders, als ihm auszuweichen.

»Hat es mit diesem Medikament zu tun?«

»Das spielt keine Rolle«, meinte er zerknirscht und umfasste den Zettel mit der Faust.

Als er aufstehen wollte, packte sie seinen Oberarm und zog ihn zurück zu Boden.

»Wenn es damit zu tun hat, geht es mich ebenfalls etwas an. Gerade noch wolltest du mich davon überzeugen, dass Xaver Roth dahintersteckt, warum machst du jetzt einen Rückzieher?«

Sam atmete tief durch und winkte ab.

»Na schön.«

Natürlich hatte sie recht. Und auch wenn er sich beruhigt hatte, nagte der Gedanke, dass mehr hinter diesem Medikament steckte, immer noch an ihm. Der Grund, warum er Pure nicht dabeihaben wollte, war möglicherweise so oder so unsinnig. Vielleicht führte ihn der Link auf dem Kaugummipapier an einen völlig harmlosen Ort. Wobei es davon nur wenige gab, dort, wo er sich danach umsehen musste.

Ohne weitere Worte holte Sam das Mobiltelefon heraus, schaltete in den erweiterten Modus und öffnete die Applikationen, die er benötigte, um auf seinen Schwarzmarkt zu gelangen.

»Was tust du da?«, fragte Pure.

Er reichte ihr den Zettel.

»Eine Web-Adresse? Warum ist die so kryptisch? Kann sich ja kein Mensch merken.«

»Das ist der Sinn der Sache. Die Seite soll nur von den richtigen Leuten gefunden werden.«

Ihre in Falten gelegte Stirn bestätigte Sam, dass Pure nicht verstand, worauf er hinauswollte.

»Die Seite liegt im Deep Web. Dem Teil des Internets, der nie indexiert und darum auch durch Suchmaschinen nicht erfasst wird.«

»Verstehe«, sagte Pure. »Ich nehme an, dass es sich um einschlägige Seiten handelt?«

Er konzentrierte sich wieder auf das Telefon.

»Genau. Drogen- und Organhandel, Kinderpornographie, illegaler Waffenverkauf ... was du willst.« Nun verharrte er und starrte einen Moment ins Leere. »Das Schlimmste, was du hier tun kannst, ist zu viel Neugierde an den Tag legen. Du wirst es bereuen.«

»Ach«, fragte Pure mit leichtem Spott, »und weshalb kennst du dich damit aus?«

Sams rascher Blick zu ihrem künstlichen Auge ließ sie verstummen.

»Auch Leute wie dich findest du hier zur Genüge. Kein Service, der dir nicht geboten wird.«

»Okay, ich verstehe. Und was tun wir in diesem Sündenpfuhl?«, erwiderte sie, ohne auf seinen Unterton einzugehen.

Als er alle nötigen Einstellungen vorgenommen hatte, tippte Sam die angegebene Adresse ein.

»Das werden wir gleich sehen.«

Die Seite, die ihm angezeigt wurde, besaß einen schlichten schwarzen Hintergrund. Weiße Links wiesen den Weg durch die dahinterliegenden Unterseiten und ein Suchfeld prangte in einer Ecke. Sam schauderte, als er die Links betrachtete und er konnte nicht verhindern, dass ihm leicht übel wurde.

»Was bedeutet das?«, fragte Pure.

Er atmete einmal tief durch und strich sich die schweißnassen Hände an den Hosen ab.

»Das ist eine Video-Seite. Die Links sind Kategorien.«

Er warf noch einen Blick auf den Zettel, wo neben der Adresse ein zehnstelliger Code geschrieben stand. Schon schob sich Pures Hand in sein Sichtfeld und ihr Finger näherte sich einem der Links. Mit mehr Gewalt als nötig schlug er die Hand zur Seite und zischte: »Pfoten weg!«

»Meine Güte, was ist denn mit dir los?«, fragte sie, behielt die Hände aber bei sich.

»Was habe ich über Neugierde im Deep Web gesagt? Du wirst es bereuen.«

Nun verdrehte sie die Augen.

»Du denkst, ich übertreibe? Weißt du was Snuff, das du gerade anklicken wolltest, bedeutet?«

Ihr Schweigen beantwortete die Frage.

»Das sind Videos, Pure. Videos von Leuten, die andere Menschen umbringen und es dann ins Netz laden. Je nach dem kannst du sogar live dabei sein. Je brutaler und perverser, desto besser. Desto mehr zahlen dir die Leute dafür.«

Das kurze Zucken ihrer Augenwinkel verriet ihm, dass sie die Sache nicht so gelassen nahm, wie sie es darstellen wollte.

»Aber für dich ist das ja Alltag«, ergänzte er mit triefendem Sarkasmus.

Nun packte sie seine Hand und starrte ihn wutentbrannt an. Erst jetzt bemerkte er, wie sein Puls raste. Er hatte sich zu sehr in die Sache hineingesteigert.

»Tut mir ...«

»Ich töte Menschen, Doc. Weil es mein Job ist. Ein sauberer Schuss zwischen die Augen oder Ähnliches. Ich labe mich nicht daran und ich stelle auch keine Filmchen davon ins Netz. Ist das klar?«

Er atmete noch zweimal durch und nickte dann.

»Sorry, ich hab mich hinreißen lassen«, murmelte er und wandte sich dem Suchfeld zu. Mit etwas zittrigen Fingern tippte er den Code ein. Noch bevor er Enter drückte, schossen ihm die Erinnerungen daran durch den Kopf, als die Neugierde bei ihm das erste und letzte Mal gesiegt hatte. Es schnürte ihm die Kehle zu.

»Menschen sind abartig«, hörte er Pure neben sich knirschen und war beruhigt, dass sie seine Meinung teilte.

»Also dann«, schnaubte er und löste die Suchfunktion aus.

Genau ein Resultat zeigte sich ihnen.

Der Videoausschnitt der Vorschau zeigte einen verschwommenen leeren Laborraum. Neben dem Video war eine Liste von Keywords angezeigt, von denen Sam nicht bei allen die Bedeutung kannte und auch nicht kennen wollte. Der Preis erzählte hingegen einiges über den Inhalt. Er lag im Mittelmaß, was darauf schließen ließ, dass das Video nicht zu der ganz üblen Sorte gehörte. Das ließ immer noch einen großen Bereich von Videos offen.

»Worauf wartest du«, frage Pure, jedoch ohne allzu großes Drängen in der Stimme. Sam klickte auf den Ausschnitt und bestätigte daraufhin die Zahlung.

Dann startete der Film.

Offenbar war er mit einer mobilen Handkamera aufgenommen worden, denn das Video begann wacklig damit, dass das Labor betreten wurde. Dort nahm die Kamera nacheinander drei Liegen ins Visier und ließ es auch nicht aus, auf die angebrachten Fesseln aufmerksam zu machen. Im Hintergrund war unregelmäßiges schweres Atmen zu hören, das Sam einen kalten Schauer über den Rücken fahren ließ.

Dann fuhr die Kamera ruckartig herum und zeigte auf die Labortür, wo drei fahrbare Tragen hereingebracht wurden, begleitet von fünf Leuten in Laborkitteln. Einer davon, ein eher jung aussehender Mann, sprang sofort vor die Kamera und schnitt eine Grimasse. Dann erklang eine bekannte Stimme.

»Weg damit, Arschloch!«

Kaum wich der Labormitarbeiter aus dem Objektiv, zoomte das Bild in ein tadelndes Gesicht. Vickys Gesicht. Sie wandte sich sofort wieder ab und die Kamera lief weiter, wurde aber irgendwo abgestellt, von wo aus sie den gesamten Raum aufnahm. Der Filmer gesellte sich nun zu den anderen und half ihnen, drei offensichtlich narkotisierte Leute von den Rollliegen, auf die festmontierten zu hieven. Dann wurden die beiden Männer und eine Frau mit den Fesseln fixiert.

Vicky und ein anderer Mitarbeiter machten sich indes daran, Sensoren an den Köpfen der dreien zu befestigen und irgendwelche Werte an einem Bildschirm zu kontrollieren.

»Was wird das?«, murmelte Pure außer Atem.

Nach und nach wurden allen Betäubten zwei Spritzen verabreicht. Gut eine Minute lang geschah gar nichts. Dann begann es. Zuerst erwachte der Mann ganz links. Es sah so aus, als würde er langsam die Trägheit abstreifen und sich orientieren. Dann aber verkrampfte er sich auf einmal und riss die Augen auf. Keine Sekunde später begann er zu schreien. Er zerrte an seinen Fesseln, versuchte sich aufzubäumen, doch die Bänder saßen fest. Die Reaktion kam Sam bekannt vor, denn sie erinnerten an den ausrastenden Mitarbeiter im Prime Tower.

»Mein Gott, was machen die mit ihm?«, fragte Pure angewidert.

Sam schluckte schwer und räusperte sich dann.

»Sie versuchen einen Anfall vorzutäuschen, wie ihn gewisse Menschen haben, wenn die Prothesen sie wahnsinnig machen«, vermutete er.

Pure beugte sich näher an die Projektion.

»Die Prothesen sehen teuer aus.«

Sam wusste nicht, ob sie bloß Konversation betreiben wollte, um abzulenken, oder ob ihr das tatsächlich aufgefallen war.

»Ich glaube, er trägt keine. Sie gaukeln es seinem Körper nur vor mit elektrischen Stimuli und irgendwelchen Chemikalien in den Spritzen, schätze ich.«

»Was?«, rief Pure entsetzt aus.

»Es wäre wohl zu mühsam, darauf zu warten, bis jemand wirklich einen Anfall erlebt.«

»Das ist ... bestialisch!«

Sam nickte nur und starrte weiter auf das Video.

Nach und nach erwachten auch die anderen beiden und zeigten ähnliche Symptome. Gleichzeitig begannen irgendwelche Apparaturen wie wild zu blinken und piepen. Etwas später, als die Schreie der drei alles Weitere übertönten, wurden ihnen die nächsten Spritzen verabreicht. Alle waren mit einer Flüssigkeit gefüllt, die eine bekannte grünliche Färbung aufwies.

Die Frau, versteifte sich sofort, kaum hatte die Nadel ihre Vene verlassen. Dann erschlaffte ihr Körper und der Kopf kippte haltlos zur Seite. Der Zweite startete mit ununterbrochenen Zuckungen. Seine Schreie verstummten und roter Schaum trat aus seinem Mund. Ein langgezogenes Piepen erfüllte den Raum für kurze Zeit, während der die Labormitarbeiter wild durcheinanderriefen und von einer Apparatur zur anderen hetzten. Sam konnte nicht anders, als die Pausentaste zu drücken und die Projektion abzubrechen. Er wollte nicht wissen, wie es weiterging.

»Sam?«

Mehrere Male atmete er durch die Nase ein und aus, dann drehte er den Kopf zu seiner Begleiterin.

»Das sind Menschenexperimente«, erklärte sie trocken und er konnte nicht anders, als zu nicken. Eine Weile lang starrten sie betreten an die Stelle, wo bisher der Monitor projiziert worden war.

»Wer macht so was?«, fragte Pure dann.

»Byrapharm«, antwortete er tonlos und in ihm erwachte auf einmal die Wut auf Vicky und ihr Team. Mochte sein, dass sie nichts mit dem Video zu tun hatte, das war jedoch kaum eine Rechtfertigung für die Taten. Ein solches Medikament herzustellen, war schon Sünde genug. Es direkt am Menschen zu testen war einfach nur abscheulich. Der Blick der Killerin schwenkte auf das kleine Display, auf dem das Video immer noch im

Stillstand angezeigt wurde. Dann kniff sie die Augen zusammen, langte nach dem Gerät und hielt es sich dicht vor die Nase. Als die Farbe aus ihrem Gesicht wich, runzelte Sam die Stirn.

»Was ist los?«

Er haschte nach dem Gerät, Pure überließ es ihm aber nicht sofort. Erst als sie es sinken ließ und den Kopf gegen die Wand hinter sich lehnte, ließ sie davon ab.

»Du hattest recht«, stieß sie zwischen zusammengepressten Zähnen hervor.

»Womit?«

»Der Hintergrund«, lautete die knappe Antwort und Sam vergrößerte das Bild wieder.

Tatsächlich, dort im hinteren Teil des Labors, an einer Wand, in welche Scheiben eingelassen waren, standen zwei Gestalten. Die Aufnahme war nicht deutlich genug, um jemanden zu erkennen, so blickte Sam Pure fragend an. Sie deutete daraufhin auf eine der Schemen.

»Xaver Roth«

Sams Herz begann erneut zu rasen.

»Was? Bist du sicher?«

Noch einmal versuchte Sam die Figuren auszumachen, scheiterte aber.

»Ich bin sicher. Ich kenne ihn, seine Haltung, seine Art die Haare zu kämmen ... Er ist es.«

»Dann wird dies ...« Sam zeigte auf die andere Person. »Seine Schwester Chantal sein.«

»Möglich«, antwortete Pure und sie klang unsäglich müde.

Wieder versanken sie in Schweigen. Nach einer Weile erhob sich Pure ruckartig.

»Schalt das aus«, sagte sie ihm und ein Zittern lag in ihrer Stimme.

Sam tat wie ihm geheißen, ließ ihre Züge aber nicht aus den Augen. Wenn er es nicht besser wusste, hätte er gesagt, dass sie mit den Tränen kämpfte.

»Pure?«, fragte er langsam.

Wie ein Tier im Käfig begann sie auf und ab zu gehen, während sie ihre Hände ständig zu Fäusten ballte.

»Pure, was ist los?«

Sam erhob sich ebenfalls, sah aber davon ab, sich ihr in den Weg zu stellen.

Schlussendlich verharrte sie im Schritt, schloss die Augen und atmete tief durch.

»Oliver«, sagte sie dann mit fester Stimme.

Mit dieser Information konnte Sam nicht viel anfangen, also wartete er ab.

»Der Mann im Video mit dem Schaum vor dem Mund. Sein Name ist Oliver.«

Die Worte trafen Sam wie ein Schlag in die Magengegend.

»Du hast ihn gekannt?«

Sie nickte und wirkte bereits wieder gefasst.

»Er war einer von uns. Einer von Roths Killern. Vor etwa einem Jahr hat er sich mit Yoshi in die Haare gekriegt, weil er nicht einverstanden war, wie dieser eine Aktion durchgeplant hatte. Kurz danach verschwand er von der Bildfläche.«

Sams Hals wurde trocken, als er sich der Implikation bewusst wurde.

»Uns wurde gesagt, dass Roth ihn freigestellt hatte und er unter einer neuen Identität einen anderen Arbeitgeber gefunden hatte.«

»Pure?«

»Ich hätte wissen müssen, dass er lügt. Oliver wäre nicht gegangen. Nicht einfach so.«

»Pure.«

»Roth hat ihn benutzt. Dafür!«

Nun klang ihre Stimme schrill und sie vergrub die Hände im Haar.

»Pure!«, rief Sam. Ohne nachzudenken, fasste er sie an den Schultern und zwang sie, ihm in die Augen zu sehen. »Du weißt, was das bedeutet, oder?«

Die Muskeln unter seinen Händen entspannten sich ein wenig und der gehetzte Blick beruhigte sich.

»Für mich, meinst du?«, fragte sie mit ruhiger Stimme in der Trotz lag.

Sam nickte.

»Wenn sie dich in die Finger kriegen, wird das dein Schicksal.«

»Eine Laborratte«, spie Pure aus und ihre Miene verzerrte sich zu einem wutentbrannten Gesicht. »Niemals.«

»Xaver Roth und seine Schwester stecken da beide mit drin«, erklärte Sam noch einmal. »Und sie schrecken vor nichts zurück.«

Gemeinsam ließen sie sich an der Wand zu Boden gleiten. Sams Hals war so trocken, dass es schmerzte, doch er fühlte sich zu schwach, sich auch nur nach etwas Trinkbaren umzusehen.

»Das macht doch keinen Sinn«, murmelte Pure schließlich gedankenversunken.

»Was meinst du?«

»Weißt du, wie viel die Entwicklung eines solchen Medikaments kostet? Das macht die niemals nur für ihren Bruder.«

Diesen Gedanken hatte sich Sam bisher noch nicht gemacht, gab er zu.

»Naja, das Zeug ist auf dem Schwarzmarkt. Dort versucht ihnen jedoch jemand das Geschäft zu versauen und ich nehme an, dass es sich dabei um die Roths selbst handelt.«

»Dann werden sie es wohl früher oder später auf den legalen Markt werfen wollen.«, erklärte Pure und lehnte sich wieder gegen die Wand, wo sie die Augen schloss.

»Nein«, sagte Sam. »Das Medikament ist illegal. Laut dem Miller-Gesetz landet es direkt auf der Blauen Liste.«

»Das Miller-Gesetz«, murmelte Pure, es klang jedoch nicht nach einer Frage, sondern vielmehr danach, als würde sie das Wort auf ihrer Zunge zergehen lassen, um seine Bedeutung zu erkennen. Sam zuckte zusammen, als sie ohne Vorwarnung vorschnellte und die Hand auf seine Schulter legte.

»Gib mir das Telefon«, sagte sie mit in Falten gelegter Stirn.

Überrumpelt von ihrer plötzlichen Aufregung reichte er es ihr wortlos.

Ohne in den erweiterten Modus zu schalten, tippte sie konzentriert darauf herum und Sam beschloss abzuwarten, worauf das Ganze hinauslief. Nach kurzer Zeit verharrte sie auf den Bildschirm starrend. Sam reckte den Hals und erkannte einen News-Artikel mit einer Gruppe Menschen in Anzügen, die sich lachend die Hände schüttelten.

»De Preux«, sagte Pure tonlos und löste den Blick weiterhin nicht vom Display.

Weshalb kam es Sam so vor, als ob er diesen Namen schon einmal gehört hatte?

»Der Eigentümer von DeepCorp?«, erinnerte er sich. »Was ist mit ihm?«

Nun ließ Pure die Hände in ihren Schoß sinken und drehte den Kopf zu ihm. In ihren Augen stand ein seltsamer Glanz, den Sam nicht einordnen konnte.

»Er war damals dafür verantwortlich, dass das Miller-

Gesetz eingeführt wurde. Durch ihn kam die Thematik überhaupt erst auf den Tisch.«

Mit dieser Aussage wurde mehr als nur ein Rädchen in Sams Verstand in Gang gesetzt. Nachdem sie sich eine Weile lang schweigend angesehen hatten, leckte sich Sam über die trockenen Lippen und legte den Kopf leicht schräg.

»Dann ist de Preux für das Gesetz verantwortlich, welches die Roth-Geschwister davon abhält, ihr Medikament zu vermarkten?«

Pure nickte und Sam fuhr fort.

»De Preux, den du für deinen Boss Xaver Roth umbringen solltest.«

»So ist es.« Pures Stimme klang heiser und Sam war klar, dass sie die Puzzleteile schon länger zusammengesetzt hatte. »Wenn der Franzose aus dem Weg geschafft wird, ist es nur eine Frage der Zeit, bis irgendwer einen neuen Vorstoß gegen das Miller-Gesetz unternimmt.«

»Und wenn es so weit ist, wird Roth mit dem Medikament bereitstehen. Bevor jemand auch nur ein zweites Mal darüber nachdenken kann, schwemmt es den Markt.«

»Scheiße«, rief Pure und sprang auf die Beine, um abermals wie ein Puma auf und ab zu gehen, während sie auf ihrer Lippe kaute.

»Das ist übel«, murmelte Sam mehr zu sich selbst, als er sich auszumalen versuchte, was für einen Einfluss die Sache auf die Konzernmitarbeiter haben mochte. All die Menschen, hilflose Konzernangestellte, die dadurch zusätzlich zu der bisherigen Dunkelziffer den Operationen unterzogen würden. Bei dem Gedanken zog sich seine Brust zusammen.

»Lass uns schlafen«, sagte er dann, ohne sich der Worte richtig bewusst zu sein. Pure verharrte im Schritt und starrte ihn kurz entgeistert an. Dann milderte sich ihr Blick und Sam beobachtete, wie ihre Schultern herabsackten. Auf einmal trat eine umfassende Müdigkeit in ihre Züge. Sie setzte sich neben ihn und atmete einige Male tief durch.

Sam drehte den Kopf von links nach rechts und beschloss, dass es schlimmere Orte zum Übernachten gab. Dann kam ihm ein Gedanke.

»Wie hat der Bluthund dich eigentlich gefunden?«

Die eben noch erschlaffte Figur neben ihm spannte sofort wieder ihre Muskeln und Sam hörte das Knirschen ihrer Zähne.

»Falls jemand von uns wieder einen Sender abgekriegt hat …«, führte er aus, um das Gespräch von dem Japaner wegzuführen, doch er wurde von ihr unterbrochen.

»Er hat mich nicht gefunden«, sagte sie mit leiser Stimme.

»Wie meinst du das?«, fragte Sam und hob die Augenbraue.

Ihm fiel auf, wie sie krampfhaft seinem Blick auswich und ihm entfuhr ein überraschter Aufschrei.

»Du hast ihn gerufen?«, keuchte er ungläubig. »Du hast ihn … eingeladen?«

Sams Kopf schwirrte, als seine Männerbesuchstheorie zu ihm zurückkehrte. Doch bevor er etwas sagen konnte, fuhr sie dazwischen.

»Es ist nicht so, wie du denkst!« Ihre Stimme schwankte zwischen Entnervtheit und Sorge.

»Ach ja?«, keifte Sam und spürte die Wut in ihm aufkeimen. »Es ist also nicht so, dass du dich freiwillig gestellt und ihn verführt hast, damit Roth dich wieder zurücknimmt? Dass du nach wie vor glaubst, dass alles wie vorher werden kann?« Sam schrie beinahe und das

Pochen seiner Kopfschmerzen schürte seine Wut. »Oder liebst du ihn tatsächlich und hast gehofft, ihr könntet gemeinsam durchbrennen? Mit einem Psychopathen?«

Der Schlag kam unerwartet und presste sämtliche Luft aus Sams Lungen. Mit einem Keuchen flog er zur Seite und fing sich gerade noch mit dem Ellenbogen auf, um nicht mit dem Schädel auf den Gleisen aufzuschlagen. Das Blut rauschte und die Sterne funkelten vor seinen Augen, als er die andere Hand zu seinem Gesicht hob, um seinen Kiefer zu befühlen.

»Er ist kein Psycho«, knirschte Pure neben ihm, während sie ihre Finger in sein Hemd grub und ihn wieder aufrecht zog. Als sie ihre Hand zurückzog, zuckte Sam unwillkürlich zusammen, doch sie fasste ihn nicht an, sondern legte sie in ihren Schoß. Außerdem trat fast so etwas wie Reue in ihr Gesicht und ihre Stimme wurde ruhiger.

»Ich liebe ihn nicht«, sagte sie bestimmt und seufzte dann. »Ich habe ihn angerufen, ja. Ich wollte herausfinden, wie die Situation aussieht und was Roths Pläne sind.«

»Und? Hat der Sex ihn zum Reden gebracht?«, fragte Sam, nicht mehr ganz so erzürnt, aber nach wie vor zynisch.

Sie bedachte ihn mit einem missbilligenden Blick, stritt aber nichts ab.

»Vögeln die rechte und die linke Hand des Teufels denn schon lange miteinander?«, drängte Sam weiter und wusste eigentlich selber nicht so recht, warum ihn die Sache derart aus der Fassung brachte. Klar war es eine dämliche Idee von Pure gewesen, den Bluthund anzurufen, doch eigentlich ging es Sam absolut nichts an.

Noch bevor Pure zu einer giftigen Antwort ansetzen konnte, erklang ein Ping von Sams Handy, welches sie etwas abwesend in ihrer Hand hin und herdrehte. Die Blicke der beiden glitten sofort zu dem Gerät, als hätte es etwas gänzlich Unhöfliches gewagt. Dann hob Pure es höher und öffnete die erhaltene Nachricht. Obwohl Sam kurz abgelenkt wurde, grummelte die Wut nach wie vor in seinem Magen und er hatte keine Lust, sich jetzt einfach abschneiden zu lassen.

»Willst du immer noch zurück?«, fragte er, doch sie ignorierte ihn, indem sie auf das Display stierte.

Sie kniff die Augen zusammen und Sam erkannte, dass sie ihn zwanghaft zu ignorieren versuchte.

»Du hast einen Videofeed gekriegt«, sagte sie in nebensächlichem Ton und ohne auf ihn einzugehen.

»Das ist mir ziemlich egal, Pure. Ich will wissen, ob ich Angst davor haben muss, jede Sekunde deinem Lover in die Arme zu laufen.«

»Scheint von deinem kleinen Perversling mit der Sex-Puppe zu stammen«, fuhr Pure fort und presste den Daumen auf den Bildschirm.

Sam wollte zu einer weiteren Aussage ansetzen, da blieben ihm die Worte im Hals stecken und heraus kam nur ein Krächzen.

Crunch?

Das war unmöglich. Er hatte seinen Körper gesehen und befühlt. Er war verdammt noch mal ein Arzt und wusste, wenn er einen Toten vor sich sah. Dennoch der Kerl, der mit dem verschmitzten Grinsen in seinem altbekannten Sessel vor einer Kamera saß, war Crunch.

Wie ist das möglich?

Sams Hand zitterte, als er sie nach dem Gerät ausstreckte. Pure überließ es ihm mit einem fragenden Blick, den er ignorierte.

»Hey Sammy-Boy. Crunch hier«, flötete das Abbild seines Freundes und grinste breiter. Doch dann zuckten seine Mundwinkel ein wenig und das Lachen verzog sich kurz zu einer Grimasse, bevor Crunchs ernstes Gesicht zurückblieb.

»Also, hör mal«, begann er und seine Stimme klang seltsam besorgt. Der Hacker hob die Hand zu seinem Gesicht und strich sich die Rastas hinters Ohr.

»Wenn du diese Message hier kriegst, heißt das wohl, dass ich Mist gebaut habe. Echten Mist. Vermutlich bin ich auf nen Honeypot reingefallen oder so. Fiel mir schon immer schwer, leichter Beute zu widerstehen.«

Er verzog die Lippen wieder zu einem Grinsen, doch es wirkte aufgesetzt.

»Auf jeden Fall haben meine Systeme festgestellt, dass meine Nervenbahnen sich verabschiedet haben und meine alte Pumpe ihren Dienst eingestellt hat.«

Neben sich hörte Sam Pure ruckartig einatmen.

»Aber was soll's. Mein Leben war ganz okay, denke ich mal. Ich hoffe irgendwie, dass mich was aus dem Cyberspace weggeputzt hat und nicht, dass sich irgendein mieser Dieb an mich herangeschlichen und mir feige eine Kugel verpasst hat oder so.«

Er verstummte für eine Weile und Sam hörte sich selber unregelmäßig atmen. In seiner Kehle brannte es wie Feuer, doch er traute sich nicht zu schlucken, weil er dann etwas verpassen könnte.

»Warum diese Message also«, sprach der Hacker weiter und schien sich gefasst zu haben. Zumindest war sein selbstzufriedenes Grinsen wieder aufgetaucht. »Ich hab über die Jahre einiges an Daten gesammelt. Viel mehr, als ich jemals Lust hatte durchzusehen. Du weißt ja, dass mir das Hacken meinen Kick gab und ich es nicht wegen der Kohle gemacht hab. Nicht in erster

Linie zumindest. All das Zeug, was ich als eventuell wichtig und wertvoll erachtet habe, hab ich auf einen dedizierten Server geladen. Mit der Message zusammen solltest du den Link dazu gekriegt haben. Greife nur von einem Gerät, das du von mir hast, darauf zu, die anderen wird er abblocken. Ach ja, das Passwort.« Das Grinsen verbreitete sich. »Das Passwort ist der Hash deines Namens.«

Sams Brust fühlte sich an, als würde sie von einer Autopresse in die Klemme genommen.

»Pass auf dich auf, Sammy-Boy. Und auf Boobie, ja? Sie ist nicht gern allein.«

Mit Crunchs Zwinkern wurde das Display kurz schwarz und kehrte dann zu der Message mit besagtem Link zurück.

Sams Hände zitterten noch mehr und irgendwie war es, als wäre er festgefroren. Zumindest gelang es ihm nicht, das Telefon zu senken oder den Blick davon zu nehmen. Erst als warme Finger sich sanft auf sein Handgelenk legten, gaben seine verkrampften Muskeln nach.

»Es tut mir leid«, erklang Pures Stimme leise neben ihm.

Er nickte nur abgehackt und schmeckte plötzlich Salz auf seiner Zunge. Er leckte die Tränen von seinen Lippen und atmete einige Male durch, bevor er mit dem Ärmel über sein Gesicht fuhr.

»Was ist passiert?«, fragte sie nach einer Weile, während der sie Sams Handgelenk umfasst hielt. Ihr Griff war nicht fest, vielmehr hatte sie ihre Finger auf seine Haut gelegt, dennoch wirkte die Geste beruhigend.

»Er hat sich mit dem Alarmsystem von Roth Industries angelegt, um mir aus dem Prime Tower zu helfen«, erklärte Sam mit schwerer Zunge und trockenem Mund.

»Vermutlich hat er es nicht dabei belassen können.«

»Shit«, entfuhr es Pure und schüttelte ungläubig den Kopf. »Sorry Sam, wirklich. Das hat er nicht verdient.«

»Nein«, pflichtete er ihr bei. »Das hat er nicht.«

Nun presste sie ihre Fingerspitzen sanft gegen seine Handfläche und zog ihre Hand zurück. Sie saßen lange nebeneinander und obwohl sich Sam noch erschöpfter fühlte als vorhin, wollte sich sein Körper nicht entspannen. Er dachte an all die Dinge, die Crunch für ihn getan hatte und an das Genie, das er eigentlich gewesen war. Es war nicht fair. Warum mussten solche Leute sterben, wenn es unzählige Arschlöcher wie die Roths gab, die es eher verdient hätten?

Pure bewegte sich neben ihm.

»Was das wohl für Dateien sind?«, fragte sie im beiläufigen Ton und Sam lachte kurz heiser auf. Er warf das Handy zwischen ihre überschlagenen Beine und schloss die Augen.

»Samuel Meyer. Einen Hash-Konverter findest du im Netz.«

Natürlich interessierten ihn die Daten. Jedoch standen sie im Moment hinter einer Menge anderer Dingen an. Er hörte Pures regelmäßigem Atmen und dem Rascheln ihrer Kleider zu, während er langsam in eine angenehme Dunkelheit und Stille abdriftete.

»Das Passwort ist falsch«, ließ ihn Pure wissen und klang frustriert.

»Versuchs mit Sam Meyer. Oder nur Sam.«

Wieder verging eine Weile schweigend.

»Auch nichts.«

»Hm«, machte Sam nur desinteressiert und forschte in seinem Kopf nach weiteren Ideen.

»Ich hab‘s!«, rief Pure kurz und tippte wieder auf dem Gerät herum, bevor sie einen resignierten Laut hören ließ.

»Was hast du probiert?«

»Sammy-Boy«, antwortete sie.

Sam kicherte müde. So etwas hätte Crunch ähnlich gesehen, musste er gestehen. Ganz allgemein wunderte es ihn, dass sein Freund so etwas Banales, wie seinen Namen als Passwort verwendet hatte. Und da wusste Sam auf einmal, wie der Schlüssel lautete und er versteifte sich kaum merklich. Noch immer mit geschlossenen Augen streckte er die Hand zu ihr aus.

»Schlaf. Wir können später Hacker spielen.«

Mit einem Grunzen übergab sie ihm das Gerät und er steckte es in seine Tasche. Er fühlte, wie sie sich ebenfalls zurücklehnte und es sich so bequem wie möglich machte.

»Ihr müsst euch nahe gestanden haben, wenn er dich als seinen Erben bestimmt«, sagte sie bereits etwas schlaftrunken.

Sam spürte die Kälte in ihm aufsteigen und verbannte die Gedanken an Crunch und ihre Beziehung zueinander in eine Ecke seines Verstandes. Er wollte nicht darüber nachdenken und er wollte auch nicht darüber reden.

»Woher wusstest du die Sache mit dem Miller-Gesetz? Ist nicht gerade Bestandteil der Ausbildung eines Killers, oder?«, änderte er stattdessen das Thema.

»Nicht wirklich«, sagte sie. »Ich erinnere mich daran wegen meines Vaters.«

Nun drehte Sam überrascht den Kopf zu ihr um und zwang seine Augen auf. Etwas verschwommen nahm er ihre Konturen wahr und als sie sich nicht zu ihm umwandte, schloss er die Augen wieder.

»War er Politiker?«, fragte er weiter und überlegte, ob Pure wohl aus gutem Haus stammte und in Wahrheit einen mächtigen Namen trug. Sie schwieg eine Weile, doch Sam hörte, wie sie mehrmals zum Reden ansetzt.

»Pharmazeut«, antwortete sie schließlich. »Er hat die Sache damals eng verfolgt und ich hab das mitgekriegt.«

Sam wusste nicht recht, ob er ihr glauben sollte, doch eigentlich spielte es keine Rolle. Es war das letzte Puzzlestück in dem Rätsel um das seltsame Medikament gewesen. Jetzt musste er nur noch entscheiden, was er mit diesen Antworten anfangen wollte. Mit dem Gedanken versank er in einen unruhigen Schlaf.

13. KAPITEL

Sam erwachte mit einem steifen Nacken und dem Gefühl, nicht sonderlich viel Schlaf abgekriegt zu haben. Mit zusammengekniffenen Augen rieb er seine Wange an dem Kopfkissen und strich es mit der Hand glatt. Der Bezug des Kissens fühlte sich rau an und erst jetzt fiel ihm auf, dass es auch weicher sein könnte. Ein leises Grunzen über ihm brachte ihn dazu, seine Lider auseinanderzuzwängen. Während er den Schlaf wegblinzelte und das schwarze Polster unter ihm langsam Konturen annahm, erkannte er, dass es länger war als erwartet. Und dass es am Ende in einem Paar neu aussehender Jogging-Schuhe steckte.

»Mein Bein ist eingeschlafen«, murmelte es schlaftrunken über ihm und Sam schreckte hoch.

Peinlich berührt änderte er seine Position, sodass er nicht länger dicht an Pures Beine geschmiegt mit dem Kopf in ihrem Schoß lag.

»Sorry«, krächzte er und ignorierte das pelzige Gefühl in seinem Mund.

»Schon okay«, antwortete Pure immer noch schläfrig, während sie mit der einen Hand ihren Oberschenkel massierte und mit der anderen den Schlaf aus den Augen rieb.

Die Sonne war noch nicht aufgegangen, doch die unruhigen Lampen der Stadt warfen genug Licht, um klar sehen zu können. Sam kramte das Handy aus der Tasche und prüfte die Uhrzeit.

»Vier Uhr morgens«, teilte er Pure mit, die neben ihm alle Knochen knacken ließ.

»Ich bin am Verhungern«, sagte sie und stand auf.

Sam musste zugeben, dass auch er etwas vertragen

konnte und tat es ihr nach.

»Irgendwo wird sich was finden lassen«, meinte er und torkelte noch leicht verkrampft aus dem Tunnel.

Trotz des Schlafmangels fühlte sich Sam deutlich besser als am Vorabend. Sein Kopf hatte das elende Pochen eingestellt und selbst sein Bein machte zurzeit keine Zicken. Doch er wusste, dass das nur ein vorübergehender Zustand war, der sich schnell ändern konnte. Jeweils in ihre eigenen Gedanken versunken, führte Sam sie zu einer Hauptstraße, wo sie wiederum ein Taxi nahmen, um in eine billigere Gegend zu fahren. Dort setzten sie sich in ein 24-Stunden-Bistro und bestellten als Erstes eine Kanne Kaffee und was Essbares.

Pure lehnte sich in dem gepolsterten Stuhl zurück und schloss die Augen, während Sam aus dem Fenster starrte und sich immer wieder über die trockenen Lippen leckte.

Xaver Roth will de Preux umbringen lassen, womit der hartnäckigste Verfechter des Miller-Gesetzes aus dem Weg geschafft wäre. Dann sorgen er und seine politischen Partner dafür, dass die Vorschrift abgeschafft wird, rekapitulierte Sam innerlich die Erkenntnisse vom Vortag. *Sobald das Gesetz fällt, wirft seine Schwester das Medikament auf den Markt und macht Millionen. Und Roth selbst kann seine Mitarbeiter weiterhin illegal aufmotzen lassen, ohne die psychischen Konsequenzen beachten zu müssen.*

»Bastarde«, murmelte er und stierte den wenigen Leuten auf der Straße vor dem Bistro hinterher, als seien sie dafür verantwortlich.

»Wer?«, fragte Pure und als er sich umwandte, bemerkte er, dass sie ihn wohl bereits eine Weile beobachtet hatte.

»Die Roths«, sagte er und nahm einen Schluck viel zu dünnen Kaffee.

Als die beiden Hot Sandwiches vor ihnen abgestellt wurden und sie die Hälfte davon mit wenigen Bissen verputzt hatte, fasste Pure ihn durchdringend in den Blick.

»Was sollen wir tun?«, fragte sie kauend.

»Was meinst du damit?«

Sam schluckte und spürte, dass der Happen nicht so einfach runterging wie die anderen.

»Wir müssen das Ganze verhindern. Also wie?«, sprach Pure, als diskutierten sie über ihre Ferienpläne.

»Du willst gegen Roth vorgehen? Deinen Boss?«, fragte Sam vorsichtig.

Er hatte nicht die Absicht, ihren Streit weiter zu führen, wollte aber wissen, wo sie stand. Sie legte das Sandwich auf ihren Teller zurück und starrte es einen Moment lang an.

»Roth war mehr als mein Boss. Er hat mich von der Straße geholt, als es mir dreckig ging und mir alles, was ich erreicht habe, überhaupt erst ermöglicht. Ohne ihn wäre ich längst verreckt.« Sie brach ab und räusperte sich, bevor sie das Sandwich wieder zur Hand nahm. »Ich war ihm loyal, weil ich alles, was ich bin, ihm zu verdanken habe. Darum konnte ich nicht glauben, dass er seine Zustimmung für mein Modding gab. Doch offenbar hat er mich hintergangen. Und das mit dem Medikament ...« Sie schauderte. »Er ist zu weit gegangen.«

Wieder setzte Schweigen ein, während sie den Rest ihres Frühstücks verputzten.

»Ich denke, wir haben nur eine Möglichkeit«, meinte Sam, als er die Worte hatte setzen lassen. »Wir müssen den Franzosen warnen und ihm erklären, worauf das alles hinausläuft. Er hat weitaus mehr Mitte...«

»Nein«, unterbrach ihn Pure bestimmt und Sam

schaffte es nur noch, die Augen zu verdrehen.

»Was ist damit wieder nicht in Ordnung?«, fragte er zähneknirschend.

Einige Male öffnete sie den Mund, um ihn gleich darauf zu schließen. Schließlich sagte sie: »Er wird mit den Infos auch nicht mehr anfangen können.«

Sam wollte ihr ins Wort fallen, wurde aber von einer strengen Handbewegung davon abgehalten.

»De Preux mag sich für dieses Gesetz starkgemacht haben, aber das macht ihn nicht zu einem guten Menschen. Wer weiß, was er mit diesen Informationen anstellen wird? Als Erstes die Roths aus dem Verkehr ziehen, möglicherweise. Vielleicht plant er auch etwas viel Größeres.«

Sam hielt Pure im Blick, während er den Kaffee zum Mund führte. Auf eine Art klang das einleuchtend. Die Wirtschaft und die Politik befanden sich in diesen Tagen in einem empfindlichen Gleichgewicht und die Eliminierung von Byrapharm und Roth Industries könnte alles aus der Bahn werfen. Dennoch wäre es besser, als das, was die beiden planten.

»In Ordnung«, willigte er schlussendlich ein.

Er war durchaus bereit, an einer anderen Lösung zu arbeiten, auch wenn er momentan keine zur Hand hatte.

»Dann senden wir de Preux eine anonyme Warnung. Nur weil Roth dich aus den Augen verloren hat, heißt das nicht, dass es keinen Anschlag geben wird.«

Als Pure bei dieser Aussage begann, ihre Zähne aufeinanderzureiben und mit verschränkten Armen in den Sessel zurücksank, lachte Sam ungläubig. Sie sah aus wie ein schmollender Teenager. Erst dann setzte die Erkenntnis ein.

»Gibt es einen bestimmten Grund, warum du so versessen darauf warst, deinen Auftrag bei DeepCorp doch noch auszuführen?«, fragte er langsam, aber mit einer Stimme, die keine Ausrede zuließ.

Als Pure weiter schmollte, lehnte er sich vor und faltete die Hände auf dem Tisch.

»Du willst den Franzosen tot sehen. Warum?«

Nun war es an ihr, die Augen zu verdrehen.

»Was interessiert dich das, Doc? Es geht dich nichts an.«

Das brachte das Fass zum Überlaufen. Ohne es wirklich geplant zu haben, sprang Sam auf die Beine, lehnte sich über den Tisch und fasste Pure an der Bluse, die unter der groben Behandlung riss. Sam ignorierte die Tatsache genauso wie das erschrockene Aufjapsen des pickelgesichtigen Servierboys, der gerade an ihrem Tisch vorbeiging.

»Vor zwei Tagen war mein Leben in Ordnung, Pure. Du magst keine Schuld tragen, dass ich deinen Auftrag angenommen habe, aber du hast mir alle Probleme eingebrockt. Mir ein schlechtes Gewissen gemacht. Mich daran erinnert, dass ich meinen Job verabscheue. Und verdammt noch mal, ohne dich wäre ich nie im Prime Tower gelandet, Crunch hätte mich nicht rausgehauen und niemand hätte sein Gehirn gebrutzelt.«

Mit jedem Wort war seine Stimme lauter geworden und umso weniger Zeit hatte er sich zum Luftholen genommen. Nun stierte er sie halb stehend, halb sitzend, schwer atmend an und ihre erschrocken aufgerissenen Augen verrieten, dass er aussehen musste wie ein Irrer. Doch es war ihm egal, denn all das, was er gesagt hatte, war die Wahrheit und einmal mehr füllten sich seine Augen mit Tränen. Ob vor Zorn oder hinuntergeschluckter Trauer, wusste er nicht.

»Es geht mich verdammt noch mal etwas an«, murrte er und ließ sie los.

Während er in das Polster zurücksank, richtete sie den zerrissenen Stoff, machte aber einen zerstreuten Eindruck. Wie oft kam es wohl vor, dass jemand so mit ihr umsprang?

Nun faltete sie die Hände vor sich und holte tief Luft. Sie sprach, ohne ihn anzusehen.

»Mein Vater«, sagte sie. »Er war kein Pharmazeut.«

»Sondern?«, fragte Sam und unterdrückte das leise Zittern in seiner Stimme.

»Er war Lead Engineer bei DeepCorp. Ein echtes Genie und erfolgreich in dem, was er tat.« Sie schaute aus dem Fenster und rümpfte die Nase. »Bis er eines Tages ein Projekt in den Sand setzte. So richtig.«

Bevor Sam überhaupt daran dachte, zu fragen, schnitt sie ihn ab.

»Das Projekt ist nicht von Relevanz, okay? Fakt ist, dass er mehr wusste, als gut für ihn war, jedoch nicht länger in der Firma bleiben konnte. Also ließ ihn der Franzose verschwinden.« Sie wandte den Kopf zu ihm herum und in ihrem Blick lag eiserne Härte. »Man hat uns gesagt, er sei einem missglückten Raubüberfall zum Opfer gefallen. Aber wir verstanden ganz genau, was geschehen war. Meine Familie verlor ihr Einkommen, ihren Status und war fortan gezwungen, auf der Straße zu leben. Dadurch kam ich an meinen ersten Job als Killerin.«

Sam fühlte, wie sich die heiß kochende Suppe der Wut in ihm abkühlte und sich langsam zu einem unangenehmen Klumpen in seinem Magen sammelte. Er hielt ihrem Blick jedoch stand.

»De Preux hat deinen Vater getötet?«

Sie nickte.

»Ja«, sagte sie und lehnte sich weiter vor, während sie ihn verschworen anblickte. »Ich schwöre dir Sam, was ich gesagt habe, stimmt. Von mir aus, sende dem Arschloch eine Warnung, aber lass die Informationen außen vor. De Preux wird sie für sich verwenden und zwar auf eine Art, die jedem anderen schaden wird.«

»Du bist dir da ziemlich sicher«, meinte Sam skeptisch.

»Das bin ich. Ich kenne die Firma. Ich weiß nicht, was genau sie zu verbergen hat, aber laut meinem Vater sind sie nicht nur in der Grundwassergewinnung tätig.«

Sam senkte den Kopf und hob die Hand an sein Gesicht, um sich den Nasenrücken zu massieren.

In was für einer abgefuckten Welt leben wir eigentlich?

Schließlich hob er beide Hände wie zur Abwehr.

»Na schön. Dann müssen wir damit zur Presse. Wenn der normale Bürger davon Wind kriegt, kann weder die Regierung noch der Franzose die Informationen für sich selbst verwenden.«

»Keine schlechte Idee, Doc«, meinte Pure und lehnte sich zurück.

Die Anspannung in ihrer Stimme war deutlich zurückgegangen.

»Es gibt nur ein Problem: Wir haben keinerlei Beweise. Die verschwommenen Silhouetten im Video werden kaum genügen.«

»Lass uns gehen«, sagte er schließlich. »Ich brauche frische Luft.«

Pure nickte zu den Toiletten.

»Nur einen kurzen Augenblick.«

Mit den Worten verschwand sie in die Richtung.

Gedankenverloren fuhr Sams Hand sofort in seine Jackentasche und seine Finger krümmten sich um die Dose Schmerzmittel. Das Pochen in Schädel und Bein könnte schlimmer sein, doch er wusste nicht, wann sich die nächste Gelegenheit bieten würde, in der er Pures

Sperberaugen entgehen konnte. Er holte die Tabletten hervor und lauschte dem Klacken, welches sie in dem Plastikröhrchen verursachten. Fasziniert betrachtete er, wie sie darin hin- und herrollten.

Junkie!, fuhr es ihm durch den Kopf. *Stimmt es? Wie kann ich mir das Recht herausnehmen dieses unmenschliche Medikament zu verurteilen, wenn ich selbst nicht ohne solches Zeug auskomme?*

»Fuck«, rief er und versuchte gar nicht erst seine Stimme zu zügeln.

Bestimmt, aber dennoch mit einem unglaublichen Hass auf sich selbst, stopfte er das Döschen zurück in die Tasche und wartete auf Pures Rückkehr. Nach dem Bezahlen marschierten sie eine Weile lang nebeneinander her, während die Sonne langsam aufging und den LED-Lichtern ihre Grellheit nahm.

»Wir brauchen also mehr Beweise«, sagte sie in ihrem gewohnten Ton.

Sam ging nicht darauf ein, sondern wog die Aussage für sich selbst ab. Sie mochte wahr sein, sofern er es wirklich darauf anlegte, der Sache ein Ende zu bereiten. Natürlich wollte er die Roths aufhalten und dafür sorgen, dass dieses Medikament nie auf den Markt kam. Andererseits hatte er keine Intention sich weiter mit dem Geschwisterpaar anzulegen. Wenn die Informationen, die er bisher gesammelt hatte, nicht genügten, konnte er die Angelegenheit genauso gut vergessen. Wieder durchkreuzte die Frage nach seiner Zukunft Sams Gedanken. Als Pure ihn auf einmal am Arm packte und zu sich umdrehte, blickte er in vor Aufregung aufgerissene Augen, die Unheil verheißendes Glitzern bargen.

»Was ist?«, fragte er und bemerkte, dass sie weitergesprochen haben musste, ohne dass er zugehört hatte.

»Das Notebook, sag ich«, ereiferte sich die Killerin.

»Welches Notebook?«

Doch Pure war bereits vorangeeilt und Sam beeilte sich hinterherzukommen.

»Wovon sprichst du?«, wollte er wissen, als er sie eingeholt hatte und erntete einen spöttischen Seitenblick.

»Du kannst ganz schön abwesend sein, wenn du willst, was?«

Sam entschied, nicht darauf einzugehen.

»Welches Notebook?«, fragte er stattdessen noch einmal und Pure verlangsamte ihre Schritte.

»Xaver Roth besitzt einen Computer, den er entweder bei sich trägt oder in einem Safe in seinem Büro lagert. Er schützt ihn wie sein eigenes Herz. Wenn es irgendwo belastende Informationen gibt, dann dort drauf.«

Während er zuhörte, dachte Sam einen ganz kurzen Augenblick daran, dass er Crunch dabei um Hilfe fragen sollte. Dann holte ihn die schmerzliche Erinnerung sofort ein.

»Also müssen wir einen Hacker finden, der einiges drauf hat, nehme ich an?«, sagte er und schluckte den Knoten im Hals hinunter.

»Das wird nichts nützen«, erklärte Pure und blieb an einer Kreuzung stehen. »Der Laptop hing noch nie am Netz. Sämtliche Daten darauf stammen von verschlüsselten Massenspeichermedien, die was weiß ich woher kommen. Selbst ein Hacker müsste zuerst physischen Zugang zu dem Gerät haben.«

Mit den Worten drehte sie den Kopf Richtung Innenstadt und als Sam ihrem Blick folgte, erkannte er die obersten Etagen des Prime Towers, in dessen gläsernen Scheiben sich die junge Sonne spiegelte.

»Das ist nicht dein Ernst«, sagte er, jedoch fehlte jeglicher Biss oder Spott.

Natürlich war es ihr Ernst. Wie sonst sollten sie an die notwendigen Informationen kommen?

Er starrte auf den blutroten Turm und rief sich in Erinnerung, was dort drin ablief. An all die Cyborgs, die eigentlich Menschen waren und mit der grünen Droge ruhiggestellt wurden. Und er erinnerte sich an Manuel. Manuel, sein letzter Patient bei dem Konzern, der ihn ausgebildet hatte. Kurz bevor Sam abgehauen und untergetaucht war. Manuel, der sich bis zum Schluss mit aller Kraft gegen die Cyberprothesen gewehrt hatte und dem die schweren Wachmänner kurzum jeden einzelnen Knochen in den Armen zertrümmerten, um ihm keine Wahl zu lassen. Wieder drangen Tränen in Sams Augen und er fragte sich, ob das irgendwann einmal aufhören würde. Er schuldete es Manuel. Und allen anderen Arbeitern, die er jemals operiert hatte. Ihretwegen konnte er jetzt nicht kneifen. Als er sich zu Pure umwandte, blickte diese ihn an und trug ein verschmitztes Lächeln auf den Lippen.

»Bist du dabei?«, fragte sie und winkte in Richtung des Prime Towers.

Samuel nickte fest entschlossen.

»Alles klar«, sagte Pure und zog die Pistole aus dem Hosenbund. »Wir werden wohl einiges an Feuerkraft brauchen. Kannst du schießen?«

Obwohl Sam eine Waffe besaß und sie durchaus schon abgefeuert hatte, würde er nicht behaupten, dass er damit umgehen konnte.

»Ich nicht«, meinte er mit einem grimmigen Lachen. »Aber ich kenne jemanden, der es kann.«

14. KAPITEL

Sams Hände schwitzten, während er das Handy darin hin und her drehte. Gleichzeitig tappte er nervös mit dem Fuß auf den Boden. Seine Verkleidung war nicht gerade bühnentauglich und sollte der Bluthund oder einer seiner Lakaien an ihm vorbeigehen, würde sie kaum standhalten. Auf dem Weg zum Prime Tower hatten Pure und er sich Wollmützen, ein Halstuch und dunkle Brillen gekauft. Außerdem hatte er seine Lederjacke gegen einen langen Mantel getauscht. Er kam sich reichlich lächerlich vor, während er auf einer niedrigen Mauer auf dem Platz vor dem Eingang des Towers saß.

Auf der anderen Seite des Platzes wartete Pure und Sam konnte nicht verhindern, dass er ihr immer mal wieder einen verstohlenen Blick zuwarf. Sie wirkte ruhig, mochte aber auch nur diesen Anschein erwecken. Andererseits war es für sie mitnichten die erste derartige Mission, während Sam nie etwas Vergleichbares abgezogen hatte. Stöhnend streckte er den Rücken durch, da legten sich plötzlich zwei Hände auf seine Schultern. Als er den bekannten Druck erkannte, entspannte er sich und schloss für einen Moment die Augen, während er sich massieren ließ. Doch der Zustand hielt nur kurz an, dann lösten sich die Finger von ihm und Boobie setzte sich neben Sam auf die Bank. Aus dem Augenwinkel bemerkte er ihre aufmerksame, so unsäglich menschliche Miene.

»Du bist besorgt«, schloss sie aus ihren Betrachtungen und Sam lächelte leise. Die Androidin kannte ihn genauso, wie Crunch es getan hatte. Vielleicht sogar besser. Wie oft hatte er sich mit ihr unterhalten, während der Hacker sich in den Tiefen des Cyberspace aufgehalten hatte? Ab und zu hatte er sie zwar gesteuert, häufig hatte aber ihr KI-Modul die Führung übernommen. Und mehr als einmal hatte sie ihn durch ihr künstliches Bewusstsein überrascht. Wer auch immer sie gebaut hatte, hatte eine Menge Arbeit in sie und ganz besonders ihre selbstlernende Einheit gesteckt.

»Ein wenig«, beantworte er die nicht gestellte Frage.

»Weshalb?«

Nun wandte er ihr sein Gesicht zu. Ein langer, weiter Trenchcoat verbarg, was sie darunter trug. Ihre Haare waren zu einem Knoten zusammengebunden und wirkten ungewohnt praktisch. Nicht nach etwas, was sie bei Crunch zu Hause oft getragen hätte. Offenbar wusste sie genau, was sie tat.

»Du sorgst dich um mich«, stellte Boobie fest und lächelte. »Du weißt, dass ich keinen Schmerz spüre und der To...«

»Ich weiß«, unterbrach sie Sam und war selber überrascht, wie zittrig seine Stimme klang. Er schluckte einmal schwer und überlegte sich, wie er ihr begreiflich machen sollte, was in ihm vorging. Dann blickte er ihr direkt in die Augen.

»Du bist das Einzige, was mir von Crunch übrigbleibt.«

Was war dieser flüchtige Ausdruck auf ihrem Gesicht? Trauer? Sam wusste, dass sie Empathie nachvollziehen und beurteilen konnte, war sich aber eigentlich sicher, dass sie selbst zu solchen Gefühlen nicht fähig war. Die stundenlangen Gespräche gingen Sam durch den Kopf, in denen sie stets verstanden hatte, was in ihm vorging, selbst aber nie Partei genommen hatte. Kritische Fragen waren ihre Spezialität, doch nie mit einer standhaften eigenen Meinung. Abgesehen von den harten Fakten natürlich. Dann sagte Boobie etwas, das Sams gesamte bisherige Annahmen pulverisierte.

»Und du das Einzige für mich.«

Sie legte eine Hand auf sein Knie und für eine Weile saßen sie nur da. Abgesehen davon, dass Sams Kehle sich anfühlte, als hätte sich ein Eisenband darumgelegt, wusste er auch nicht, was er darauf erwidern sollte. Bevor er Boobie hatte ansteuern können, hatte er ihre Systeme rebooten müssen. Offenbar hatten sie sich von selbst deaktiviert, als das mit Crunch passiert ist. Ob aufgrund einer Fehlfunktion oder weil ein Notfallprotokoll griff, wusste Sam nicht. Doch auf einmal fragte er sich, was sie von Crunchs Tod mitgekriegt hatte. Hatte sie genau gewusst, was geschah und hilflos herunterfahren müssen? Eine ruckartige Bewegung am anderen Ende des Platzes ließ ihn zusammenzucken. Betont auffällig war Pure aufgestanden und spazierte nun Richtung Tower, ohne ihnen beiden einen Blick zuzuwerfen.

»Wir sollten los«, stieß Sam zusammen mit der angesammelten Luft in seiner Lunge aus.

Boobie tätschelte sein Bein und erhob sich. Mit einem Augenzwinkern blickte sie auf ihn herab. »Let's roll, Sammy-Boy.«

Mit diesen Worten überquerte sie den Platz mit schnellen Schritten, mit denen sie Pure schon bald überholte. Sam musste achtgeben, dass er nicht abgehängt wurde. Glücklicherweise kannte Boobie ihre Befehle, weil Sam sie ihr vor einer Weile durchgegeben hatte. Dies aus gutem Grund; müsste er ihr jetzt eingeben, was zu tun war, hätte er den Mut dazu kaum gefunden. Trotzdem wusste Sam nicht, ob sie jemals etwas Ähnliches getan hatte. Bislang war er ihr immer nur in Crunchs Höhle begegnet, so wie auch seinem Freund seit vielen Jahren. Dennoch musste der Hacker ja irgendwie auch mit Essen und Trinken versorgt werden, oder? Mehr als einmal war Sam hineingeplatzt und hatte ihn eingeloggt im Cyberspace mit einer Salzwasserinfusion vorgefunden. Boobie hatte wohl alles für ihn erledigt. Sam hat sich regelmäßig gefragt, ob er auch mit der KI geschlafen hatte. Seine Anspielungen diesbezüglich hatten Crunch stets nur ein undurchsichtiges Grinsen entlockt.

Sam beschleunigte seinen Schritt. Abhängen lassen durfte er sich nicht. Das Timing war in ihrem Plan essentiell. Der kalte Schweiß breitete sich von seinen Handflächen auf den restlichen Körper aus und Sam versuchte seine Atmung zu regulieren. Wenn er zu früh Verdacht erregte, wäre alles gelaufen.

Sie näherten sich dem Eingang des gläsernen Turms und Boobie bewegte sich so zielgerichtet wie zuvor. Sams Hals wurde trocken, als er der KI folgte und ihm bewusst wurde, dass er das erste Mal wirklich über Crunchs Leben nachdachte. Der Kerl war stets da gewesen und hatte Sam mehr als einmal den Hintern gerettet, alles von seiner Basis an der Langstraße aus. Er selber hatte Sam kein einziges Mal um Hilfe gebeten oder von sich aus von seinen Problemen erzählt. Um ehrlich zu sein, hatte Sam nie geglaubt, dass Crunch welche besaß. Doch wie konnte ein Hacker in keinerlei Schwierigkeiten stecken? Am liebsten würde Sam sich ohrfeigen. Wie hatte er sich nur durch Crunchs Fassade täuschen lassen? Jedes Mal, wenn er eingeloggt war, hätte so etwas passieren können. Er musste das Risiko gekannt haben. Und dennoch hatte es ihn nie davon abgehalten, das zu tun, was er liebte.

Sam fühlte sich wie ein Feigling. Damals, als Crunch ihm ein neues Leben verschafft hatte, hätte er das Gleiche tun können. Das Risiko eingehen und sich endlich von dieser unmenschlichen Arbeit abwenden. Aber nein. Die Angst hatte ihn zurück in seine alten Muster getrieben.

Scheiße, dachte Sam, als er bemerkte, dass er zu langsam war.

Pure, die dem Androiden ebenfalls unauffällig folgte, warf einen kurzen Blick über ihre Schulter und Sam konnte sich denken, was in ihrem Kopf vorging. Besser er rannte jetzt als in der Eingangshalle. Also spannte er die Muskeln und legte einen Sprint ein, bis er den Roboter überholt und die Türen des Towers erreicht hatte. Mit einer Gruppe anderer Leute traten er und Pure in die Halle. Dort hängte er sich sofort an eine junge Frau in einem Business-Zweiteiler und hochhackigen Schuhen, dem Zwang nicht nachgebend, zu den Wachen zu blicken. Falls es einen Fehler in seinem Plan gab und Boobie ihm nicht bis hierher gefolgt war, hätte er keine Chance mehr, dies zu überprüfen. Jetzt war Geschwindigkeit das Einzige was zählte. Gerade als die Dame an die Schleuse trat und ihre Handfläche auf den Scanner legte, machte Sam einen Sprung und landete dicht hinter ihr.

»Hey!«, rief die Frau empört aus und Sam sah aus den Augenwinkeln, wie die dunkel gekleideten Wachen aufschreckten. Kein zurück. Mit etwas Gewalt schubste er die Frau durch die aufgeglittenen Plexiglasscheiben, fasste in seine Manteltasche und schob einen Stein dazwischen, als sie sich wieder schlossen. Sofort blendete ihn rotes Licht und ein lautes Pfeifen aus dem Scanner zog alle Aufmerksamkeit auf sich.

»Sie da!«, hörte er rufen sowie das Geräusch einer Waffe, die aus der Halterung gezogen wurde. Sam rutschte das Herz in die Hose und er musste seinen Körper zwingen in die Knie zu gehen und sich zu ducken. Dann schallten die ersten Schüsse.

Ohne anders zu können, schnellte Sams Blick zu der Quelle des Lärms. Mitten im Raum hinter ihm stand Boobie, breitbeinig mit geöffnetem Mantel unter dem ein roter Latex-BH und Lederhosen hervorblitzten. Beide Arme von sich gestreckt, in jeder Hand eine Pistole und kurz davor ein Sperrfeuer zu eröffnen. Es blieb keine Zeit, um nach Pure zu sehen. Wenn alles klappte wie abgemacht, hatte sie das Gleiche wie er an einer anderen Schleuse probiert.

Sam wandte sich ab und quetschte sich durch die viel zu schmale Öffnung, die der Stein ihm eröffnete. Mit etwas Gewalt zwang er die Scheiben weiter auseinander und schaffte es schließlich seinen Körper hindurchzuzwängen.

Von überall her gellten nun Schüsse und die Halle war von rotem Blinklicht erfüllt. Ein Alarm dröhnte in Sams Ohren, der mit rasendem Herzen, dicht zum Boden gebeugt und mit den Händen über dem Kopf zum Treppenhaus rannte. Dicht neben ihm splitterte irgendwo Glas und ein Brennen fuhr durch sein Gesicht. Er reagierte nicht darauf, sondern hastete weiter. Überall hatten sich Menschen zu Boden geworfen oder kauerten sich hinter Sofas, Pflanzentöpfen und wovon auch immer sie sich Schutz versprachen. Sam war der Einzige, der sich geradezu gegen die Tür des Treppenhauses warf, wobei er stolperte und voller Wucht auf alle Viere stürzte. Obschon er darauf vorbereitet gewesen war, was geschah – immerhin führte Boobie genau die Anweisungen aus, die er ihr übermittelt hatte – konnte er nicht behaupten, dass ihn die Schießerei kalt ließ.

Noch immer knallten Schüsse und Sam fragte sich, wie lange die Androidin wohl durchstehen mochte. Er wurde auf die Beine und weiter voran gezogen, jedoch am Treppenhaus vorbei. In dem Moment wurde ihm bewusst, wie abartig sein Gedanke eigentlich war. Da draußen wurde auf seinen Befehl hin geschossen. All die Wachmänner aus Fleisch und Blut, welches jetzt gerade vergossen wurde und seine einzige Sorge galt einer künstlichen Intelligenz. Einem Computer.

Pure führte ihn um eine Ecke zu einem einzelnen Liftschacht, wo sie ihn gegen die Wand bugsierte und die biometrischen Scans über sich ergehen ließ. Es verging keine Minute, da schrie Pure kurz triumphierend auf und schob ihn sogleich in den Lift. Kaum verklangen die Schüsse unter ihnen, gelang es Sam sich zu fokussieren. Die Kabine war klein, aber edel eingerichtet, mit roten Samtbezügen an den Wänden, wie man sie in Filmen aus vergangenen Zeiten sehen konnte. Das Panel besaß nur einen Handleser und keine Stockwerkangabe. Jetzt, wo der immerwährende Schmerz in seinem Knie abflaute und genügend Luft in seine Lunge fuhr, erwachte das Pochen in Sams Stirn. Er führte seine Hand an die Stelle und zog sie sofort zurück, als etwas Scharfes in seine Finger schnitt.

»Verdammt«, fluchte Sam und tastete erneut, dieses Mal behutsamer.

»Autsch«, sagte Pure mit verzogenem Gesicht, als sie ihn anblickte.

Die Scherbe, die über seiner Augenbraue steckte, war nicht besonders groß, dafür umso spitzer. Mit zusammengebissenen Zähnen klemmte er sie zwischen Daumen und Zeigefinger und zog sie unter einem gepressten Stöhnen hinaus. Er blinzelte, als Blut in sein linkes Auge tropfte. Dann schmiss er das Stück Glas weg und musterte Pure. Sie wirkte ruhig, sah aber immerhin auch danach aus, als wäre sie gerade durch ein Kriegsgebiet marschiert. Die etwas längeren roten Haare standen in alle Richtungen und Blutspritzer befleckten ihr Gesicht. Ein kurzer prüfender Blick nach Verletzungen ließ Sam jedoch darauf schließen, dass es nicht ihr Eigenes war.

»Alles klar?«, fragte sie ihn mit Besorgnis in der Stimme.

Sam nickte nur und wischte das Blut von seiner Stirn.

»Ich hätte nicht gedacht, dass meine Daten bei dem Lift hier noch funktionieren. Yoshi hätte sie längst sperren lassen müssen«, erklärte Pure und lehnte sich gegen die Samtbezüge.

»Wohin führt er?«, fragte Sam, während er sich vergebens nach einer Stockwerkanzeige umsah.

»Drittoberste Etage. Xavers Büro, um genau zu sein.«

Sam riss die Augen auf.

»Direkt in sein Büro?«

»Jap. Nur er, Yoshi und ich haben Zugang zu dem Aufzug. Plus ein, zwei seiner Papieragenten.«

Die Nennung des Bluthundes ließ Sam kurz schaudern. Was wenn sie oben ankamen und die beiden im Zimmer saßen? Am besten nicht darüber nachdenken. Wie es Pure bereits getan hatte, zog er sicherheitshalber die Pistole, die die Killerin irgendwoher aufgetrieben hatte. Möglicherweise fungierte jede Tonne und jeder lose Backstein irgendwem als verstecktes Waffenlager in dieser verdammten Stadt.

Nach einer Weile, die Sam wie eine Ewigkeit vorkam, verlangsamte der Lift und kurz darauf glitten die Türen auseinander. Das Büro war kleiner als erwartet. Wie der Aufzug bereits vermuten ließ, mochte Roth offenbar den Stil alter Zeiten. An der Fensterfront stand ein schwerer, reich verzierter Holztisch, der einen gewissen Stilbruch mit der topmodernen Computeranlage darstellte, die darauf thronte. An den Wänden hingen Bilder und ein dicker Teppich bedeckte den Boden. Ansonsten war das Büro eher spartanisch eingerichtet, was die Wuchtigkeit der wenigen Möbelstücke und Dekorationen noch unterstrich. Geschmack wäre anders, wenn es nach Sam ginge.

»Hier«, sagte Pure und trat an die Fassade neben dem Lift.

Dort war ein Panzerschrank mit einem Nummernpanel, einem Venenscanner und einer Digitalanzeige in die Wand eingelassen.

Mit einem nervösen Seitenblick zur Tür des Büros trat Sam an den Safe heran.

»Und was nun?«, fragte er, während er die Sicherheitsvorkehrung betrachtete.

Pure hielt die Hand unter den Scanner, was ein kurzes Summen erzeugte. Kurz darauf blinkte die Anzeige auf: PATTERN NOT RECOGNIZED

Pure verzog das Gesicht.

»Yoshi ist dafür freigeschaltet. Ich wusste nie, ob ich es auch bin.«

Sams Nervosität stieg, was das Jucken der Wunde an seiner Stirn verstärkte, doch er zwang sich dem Bedürfnis zu kratzen nicht nachzugeben.

»Du meinst, wir kommen nicht an den Safe ran?«

»Das werden wir sehen«, knurrte Pure, schob ihn aus dem Weg und richtete die Waffe auf das Panel. In dem Moment krachte die Tür.

Sam duckte sich instinktiv, während Pure herumfuhr und die Pistole abfeuerte. Ein Mann in der gleichen Uniform, wie die Leute, die ihn vom DeepCorp Gelände entführt hatten, ging mit einem dumpfen Schrei zu Boden. Mit wenigen Schritten war Pure bei der Tür, gleichzeitig wie ein zweiter Uniformierter, den das gleiche Schicksal traf. Schneller, als Sam hinsehen konnte, tauschte Pure ihre Handfeuerwaffe gegen die Maschinenpistole des Mannes.

»Kümmere dich um den Safe!«, schrie sie ihm zu und sogleich erfüllten erneute Schüsse die Luft.

Sam überwand den ersten Schock und stellte sich an die Wand, wo er für einen Moment ratlos auf das Panel starrte. Probehalber und aus Mangel von Alternativen, legte er seine schweißnasse Hand auf den Sensor, was den gleichen Erfolg erzielte wie zuvor bei Pure. Ein ohrenbetäubender Knall ließ ihn mit rasendem Herzen herumfahren. Rauch quoll aus dem Gang in das Büro und die Schüsse wurden kurz durch qualvolle Schreie ersetzt. Pure beugte sich über einen der Toten und entnahm seinem Gürtel einen rundlichen Gegenstand. Nach einer Sekunde erkannte Sam, dass es sich dabei um eine Granate handelte. Er war vorhin falsch gelegen, als er sich durch das Foyer geschlagen hatte. Im Kriegsgebiet befanden sie sich erst jetzt. Als ob der Anblick und die Schreie in ihm einen Schalter umgelegt hätten, drehte er sich um und legte die Pistole an, um auf das Panel zu feuern.

In dem Moment traf ihn etwas mit voller Wucht am Kinn und er wurde zur Seite geschleudert. Er fing sich mit den Händen an der massiven Tischplatte ab und sah aus dem Augenwinkel, wie sich die Türen des Aufzugs schlossen. Ein weiterer Schlag in seine Seite entlockte ihm einen heiseren Schrei und er ging gekrümmt zu Boden. Als er wieder atmen konnte und den Kopf hob, erkannte er, wie sich Yoshi Pure von hinten näherte, die von dem Zwischenfall nichts mitgekriegt hatte. Sams Waffe, die er fallen gelassen hatte, kickte er gleichzeitig ans andere Ende des Büros. Sam überlegte nicht lange, zwang sich auf die Beine und stürzte sich auf den Japaner. Er legte den Arm um seinen Hals und riss ihn grob zurück. Yoshi strauchelte rückwärts und prallte gegen seinen Angreifer, doch sofort spürte Sam einen festen Griff um sein Handgelenk. Mit unglaublicher Kraft riss Yoshi seinen Arm nach unten und verdrehte ihn mit einem Ruck. Sterne tanzten vor Sams Augen, als er der Bewegung unter Zwang folgte, um den Arm nicht zu brechen. Mit einem Ausfallschritt und einer Drehung, die Sam nur durch einen Schatten von Schmerz wahrnahm, stellte sich sein Gegenspieler hinter ihn und drehte seinen Arm auf den Rücken. Sam japste und kämpfte gegen die Tränen an, als er kühles Metall an seinem Hals spürte und jeglichen Widerstand einstellte.

Erst jetzt fiel ihm auf, wie ruhig es auf einmal geworden war. Die Schüsse waren verklungen und nur das dumpfe Stöhnen verletzter Sicherheitsleute drang durch die nun geschlossene Bürotür. Pure stand davor, die Maschinenpistole direkt auf ihn gerichtet und mit verbissenem Gesicht.

»Fort mit der Waffe«, zischte der Japaner und Sam konnte förmlich sehen, wie die Gedanken hinter Pures Stirn rasten. Sie wog ab. Er wusste ganz genau, dass sie in dieser Sekunde darüber nachdachte, ob sie ihn opfern sollte, um ihren Gegenspieler loszuwerden. In dieser einen, quälend langen Sekunde, während der Pure den Griff der Waffe noch krampfhafter umfasste, anstatt sie fallen zu lassen, machte Sam seinen Frieden mit dem Universum. Er spannte jeden Muskel, als ob diese die Kugeln abfangen konnten. Doch dann hob Pure die Hände, ging in die Knie und legte die Waffe ab. Sam ließ deutlich hörbar Luft aus, die er aber sofort wieder einsog, als das kühle Metall an seinem Hals entlang kratzte.

»Warum musstest du zur Verräterin werden, Pure?«, frage Yoshi und klang ehrlich bedauernd, wenn auch nicht so weinerlich wie in dem Luxusappartement.

Pure schien die Aussage ernsthaft verkraften zu müssen, denn sie schluckte schwer und ballte die Fäuste.

»Weißt du überhaupt, was hier vorgeht?«, fragte sie durch zusammengebissene Zähne. »Was Xaver und seine Schwester vorhaben?«

Sam sah Yoshis Reaktion nicht, doch etwas traf Pure offenbar wie ein Schlag ins Gesicht.

»Natürlich weißt du es«, flüsterte sie dann beinahe. »Wie konnte ich nur so blind sein.«

»Du warst nicht blind«, antwortete Yoshi in einem despektierlichen Tonfall. »Es hat dich schlichtweg nicht interessiert. Xaver hat dich dein Ding machen lassen, aber jetzt, wo du selbst unters Messer sollst, findest du die ganze Angelegenheit auf einmal äußerst schrecklich.« Er festigte den Griff um Sams Handgelenk und dieser stöhnte kurz auf. »Oder hat dir der Doktor hier eine kleine Moralpredigt gehalten? Derjenige, der sein lächerliches Leben damit verdient, genau das zu tun, wogegen ihr gerade vorgeht.« Er spie über Sams Schulter auf den Boden. »Ihr seid beide so jämmerlich verlogen.«

»Und du bist ein elender Hund«, grollte Pure. »Wenn die Leute durch die Operationen nur halb so verrückt würden wie du, wäre das immer noch mehr, als man der Welt zumuten kann.«

»Du bist bloß zu feige für die Veränderungen«, schleuderte Yoshi ihr in einer Lautstärke entgegen, die Sams Ohren klingen ließ. »Dein Bruder war wesentlich mutiger als du.«

Diese Worte schienen einen Damm zu brechen. Mit einem Grollen wie bei einem Raubtier schoss Pure nach vorn. Der Japaner ließ Sam los und stieß ihn zur Seite, sodass er zu Boden stürzte. Sofort drehte er sich auf den Rücken und verfolgte von dort aus den Schlagabtausch. Yoshi hielt ein Messer mit einer handlangen Klinge in den Händen, um das die beiden rangen. Pure hatte offenbar einen ersten Treffer gelandet, denn ein dünnes Rinnsal von Blut floss aus seiner Nase. Einen zweiten Schlag lenkte er mit dem Unterarm ab, musste dabei aber das Messer frei geben. Bevor Pure die Waffe in seine Richtung drehen konnte, rammte er ihr das Knie in die Bauchgegend, woraufhin sie kurz zurückwich. Sofort schnellte seine Hand hervor und umfasste ihr Handgelenk. Wie zuvor bei Sam drehte er es mit einer kräftigen Bewegung, sodass das Messer mit einem dumpfen Geräusch auf den dicken Teppich fiel. Nun verfielen sie in einen rasanten Tanz aus Faustschlägen und Tritten, dem Sam nicht folgen konnte. Hier kämpften zwei, die dieselbe Ausbildung durchgemacht hatten und es gewohnt waren, den überlegenden Part zu spielen. Ihr Kampfstil war sauber und beinahe grazil anzusehen und Sam fragte sich, wie oft sie gemeinsam trainiert hatten.

Der Kampf zog sich hin und beide teilten aus und steckten ein. Yoshi landete einen solchen Treffer, dass Pure rückwärts gegen die Wand prallte und Sam dachte schon, sie würde ohnmächtig zu Boden gehen. In Wahrheit wich sie bloß einem nachfolgenden Schlag aus und nutzte den Höhenunterschied, um Yoshi einen Tritt zu verpassen, bei dem sich Sam der Magen zusammenzog. Der Japaner keuchte auf, nahm den Kampf aber sogleich stoisch wieder auf. Fieberhaft überlegte Sam, wie er Pure zu Hilfe eilen konnte. Wenn er in den Schlagabtausch eingriff, ginge er nach einer Sekunde k. o., getroffen von irgendeinem der Zweien. Schlussendlich kroch er über den Teppich bis zu der Stelle, wo seine Pistole gelandet war und erhob sich. Ohne dass es einer merkte, richtete er den Lauf auf sie, doch einfach so abzudrücken war keine Option. Verzweifelt schwenkte er die Mündung hin und her, bis er einsah, dass die Wahrscheinlichkeit, Pure zu treffen, viel zu groß war.

Da gingen die beiden auf einmal gemeinsam zu Boden. Mit einem Krachen landete Pure auf dem Rücken, Yoshi über ihr, die Hände an ihrem Hals. Sam konnte förmlich sehen, wie die Cyberarme Kraft ausübten, die ihr mit einer Zuckung das Genick brechen würden. Ohne weiter zu überlegen, hechtete Sam heran und rammte seine Schulter in Yoshis Rippen. Überrascht kippte dieser zur Seite und löste den Griff. Schon wollte er sich aufrappeln, da knallte Sam ihm das Knie auf die Brust, was dem Japaner einen gepressten Schrei entlockte und richtete die Waffe auf sein Gesicht.

»Nicht«, erklang Pures aufgeraute Stimme und schob seinen Arm gewaltvoll fort.

»Klar«, sagte Sam und schwenkte den Lauf wieder Richtung Yoshi.

Der Gedanke einem Menschen aus dieser Distanz in den Kopf zu schießen, ließ seinen Magen rebellieren. Die nackte Drohung genügte jedoch, um den Japaner stillzuhalten.

»Wir brauchen ihn noch«, erklärte Pure dann, als sie auf die Beine schwankte und sich den Hals rieb.

»Alles klar?«, fragte Sam, ohne den Blick von Yoshis mit Blessuren übersätem Gesicht zu nehmen. Seine Partnerin musste ähnlich aussehen.

»Ja ja«, winkte sie ab und wies Sam an aufzustehen. Er folgte ihrer Bewegung und langsam kam auch Yoshi hoch, die Arme erhoben.

»Zum Safe«, befahl sie ihm und er bewegte sich zu

der Stelle.

»Du weißt, dass ich das nicht tun werde, Pure«, sagte er säuerlich.

»Und du weißt, dass ich Xaver etliche Male beobachtet habe, wie er den Code eintippt. Ich brauche nur deine Hand und die kann für den kurzen Moment sowohl tot als auch lebendig sein.«

Irgendwas in ihrer Stimme ließ Sam glauben, dass sie es absolut so meinte, wie sie es sagte. Verbissen gab Yoshi klein bei und legte die Handfläche auf den Sensor. Als das Display anwies: ENTER PIN PLEASE, tippte Pure eine achtstellige Nummer ein und daraufhin ertönte das Summen eines elektrischen Bolzens, der zur Seite fuhr und den Safe freigab.

»Was zum ...«, begann Pure, als schwarzer Rauch aus dem Innern drang.

Der Gestank von verkohltem Plastik erfüllte die Luft.

Sam nahm nach wie vor den Blick nicht von Yoshi, so fragte er. »Was ist das?«

»Scheiße«, schrie Pure und wischte dunklen Staub aus dem Tresor.

Yoshi verzog das Gesicht zu einem Grinsen.

»Wie viele Fehlversuche erlaubt ein solcher Hochsicherheitstresor wohl, bevor er seinen Inhalt selbst zerstört?«, erwähnte er süffisant und erntete einen hasserfüllten Blick von Pure. Sie fasste wieder in das Innere und schaufelte etwas mehr Kohle heraus.

»Das ist zu wenig«, murmelte sie dann und blickte zu Sam. »Der Computer kann nicht hier drin gewesen sein.«

Yoshis Grinsen verschwand und er ballte die erhobenen Hände zu Fäusten.

»Das heißt«, sagte Pure aufgebracht, »dass Roth ihn

bei sich tragen muss.«

»Und was nützt uns das?«, wollte Sam wissen, dem langsam der Arm steif wurde.

Pure huschte zu einem der Toten und nahm ihm dieselben Handschellen ab, mit denen Sam bereits Bekanntschaft gemacht hatte. Rücksichtslos packte sie Yoshis Hände und kettete sie auf seinem Rücken zusammen. Den Transponder steckte sie an Sams Gürtel.

»Das heißt, wir müssen aufs Dach. Falls Roth sich im Gebäude befand, als ich den Alarm mit dem Aufzug ausgelöst habe«, dabei warf sie Yoshi einen bitterbösen Blick zu. »wird er jetzt von dort aus evakuiert.«

Bevor Sam etwas erwidern konnte, sprang sie zur Tür und öffnete sie langsam. Von draußen erklang weiterhin nur dumpfes Stöhnen.

»Pass auf, dass er keine Zicken macht«, sagte sie mit einem Nicken zu Yoshi, machte sich kurz am Aufzug zu schaffen und huschte dann aus dem Zimmer.

Für einen Moment ließ sie Sam ratlos zurück, doch die Zeit zu zögern war längst vorbei. Also schob er seinen Gefangenen vor sich her und drückte ihm dabei die Pistole in den Nacken.

»Du hast es gehört«, sagte er grimmig.

Zu seiner Überraschung leistete der Japaner keinerlei Widerstand, sondern ließ sich bereitwillig aus der Tür bugsieren. Dort erwartete Sam ein Anblick, der sich ihm auf ewig ins Gedächtnis fressen würde. Die Wände waren übersät von Schusslöchern. Blutspritzer zierten ihre teilweise schwarz gefärbte Oberfläche und Fetzen von Stoff und vermutlich anderem, organischem Material klebten daran. Auf dem Boden lag ein gutes Dutzend Uniformierte. Pure war nicht ohne Grund Roths Nummer Eins.

Mit rebellierendem Magen bahnte sich Sam seinen

Weg durch das Leichenfeld, bis sein Blick auf eine Frau traf, die dort lag. Ihr Blick wandte sich kraftlos an ihn und sie versuchte flehend, ihre verkohlte Hand in seine Richtung zu heben. Der Anblick schnürte Sam die Kehle zu.

»Komm schon«, hörte er Pure aus der Ferne rufen, merkte aber erst, dass sie viel näher war, als sie ihn am Arm packte. Ihr Blick folgte dem seinen und sie ließ ihn los.

»Hör zu«, sagte sie langsam und mit gepresster Stimme. »Du kannst hier nichts tun. Wir haben Wichtigeres ...« Bei dem letzten Wort schnappte Sams Kopf zu ihr herum und sie verstummte.

»Du kannst nichts tun«, wiederholte sie und zog ihn leicht mit sich.

Sam atmete einmal tief durch, was er bei dem Gestank besser gelassen hätte.

»Gehen wir«, sagte er dann und stieß Yoshi vor sich her, darauf bedacht, den Blick auf seinem Rücken zu halten. Der Treppenschacht befand sich unweit von Roths Büro und bereitete ihnen keine Schwierigkeiten auf das Dach zu gelangen. Bei einer Metalltür angekommen, verharrten sie. In dem Moment erschallte das Geräusch mehrerer Salven aus Maschinengewehren. Sam duckte sich instinktiv, doch keine Kugel drang durch die Tür. Stattdessen stieß Pure sie auf, trat hinter dem Türblatt hervor und feuerte zielgerichtet ihre Maschinenpistole ab, bevor sie wieder ins Treppenhaus zurücksprang. Irgendwo hatte sie noch einen Revolver aufgelesen, den sie nun in der anderen Hand trug.

»Wir haben den Bluthund«, schrie sie und wartete kurz.

Sams Herz raste und die Sekunden voller Stille drohten seine Brust zu zerreißen. Dann erklang eine tiefe, barsche Stimme.

»Wir verhandeln!«

Pure signalisierte Sam vorauszugehen und er zwang seine streikenden Füße zu gehorchen. Yoshi fest an den Handfesseln haltend und die Pistole immer noch in seinem Nacken, trat er aus ihrem Versteck. Etwa zehn Meter von ihm entfernt parkte ein militärisch wirkendes Kleinflugzeug mit jeweils einem Paar seitlicher Neigedüsen. Davor stand ein hochgewachsener Mann mit schwarzem, nach hinten geglättetem Haar und kantigem Gesicht, der eine kleine Tasche an die Brust presste. Sam erkannte den Kopf von Roth Industries aus der Presse. Neben ihm waren zwei Wachen postiert, die wie das Flugzeug nicht aussahen, als gehörten sie zu einem simplen privaten Sicherheitsdienst. Zwei Läufe richteten sich direkt auf ihn.

»Waffen weg!«, brüllte Sam und verfestigte seinen Griff an der Pistole.

Mit einem Nicken von Roth legten die Soldaten die Maschinenpistolen nieder und traten sie zur Seite. Roth reckte das Kinn, als Pure sich neben Sam stellte und seine Miene verfinsterte sich.

»Was willst du, Pure?«, fragte er düster.

»Den Laptop«, antwortete diese knapp.

Roth presste die Tasche enger an seine Brust, doch in seinen Augen konnte Sam etwas erkennen, das beinahe ein schlechtes Gewissen in ihm sprießen ließ. Roths gequälter Blick huschte von Pure zu Yoshi und eine seltsame Sanftheit trat in seine Züge, gemischt mit einem Ausdruck, der nur Furcht sein konnte.

»Gib uns den Computer und ihm geschieht nichts. Versprochen«, hakte Pure nach.

In dem Moment erweckte etwas aus Sams Augenwinkel seine Aufmerksamkeit. Sofort riss er die Pistole in besagte Richtung, rechtzeitig, um sie auf eine Soldatin zu richten, die sich nach einer Waffe bückte. Nun erkannte Sam, worauf Pure vorhin geschossen hatte. Rechts von ihnen befand sich der Aufzug, in dessen Türen unzählige Einschusslöcher prangten. Davor lagen drei tote Uniformierte, allesamt von hinten erschossen. Sam wurde noch übler, als ihm bisher schon war. Ertappt hob die Frau die Hände und trat von den Waffen fort.

»Du wirst ihm nichts tun, Pure«, sagte Roth verächtlich.

»Willst du es darauf anlegen?« Mit den Worten richtete sie die Pistole in Richtung von Yoshis Beinen. »Auch in seinen Prothesen verlaufen Nerven, die Schmerz leiten. Soll ich es beweisen?«

Unter Sams Griff versteifte sich der Japaner merklich. Er glaubte nicht daran, dass Pure bluffte. Auch Roths Kiefer malte unablässig und seine Augenwinkel zuckten.

»Was willst du überhaupt mit dem Computer?«, fragte er dann. »Glaubst du, du kommst damit durch?«

»Das lass meine Sorge sein«, lautete Pures Antwort.

»Auch wenn wir beide wissen, dass der Arm des Gesetzes mehr einem Krüppel gleicht, so wird dennoch jeder einzelne von Zürichs Polizisten hinter dir her sein. Nach dem Massaker, das du hier veranstaltet hast.« Er wies mit der Hand auf die toten Soldaten und Sam schnürte sich die Kehle zu. Massaker. Wie recht Roth hatte. Doch er durfte diese Gedanken jetzt nicht überhandnehmen lassen. Wichtigeres stand auf dem Spiel.

Roth fuhr fort: »Von meinen eigenen Leuten, deinen ehemaligen Arbeitskollegen, mal ganz abgesehen.«

»Mit denen komme ich klar.« Pure klang derart selbstbewusst, dass Sam sich fragte, ob sie es ernst meinte, oder ihm etwas vorspielte.

Roth sprach natürlich die Wahrheit. Was sie hier taten war auf allen erdenklichen Ebenen illegal und Roth würde es kaum auf sich sitzen lassen.

»Komm schon, Pure.« Roths Stimme verlor auf einmal ihre Bissigkeit und etwas Sanftes schlich sich hinein. »Vergiss die ganze Sache. Lass uns gegenseitig vergeben und so tun, als wäre nichts geschehen. Wir vergessen dein Modding und du arbeitest wie zuvor für mich. Ich brauche dich.« Er streckte eine Hand in ihre Richtung, als wollte er, dass sie die Distanz zwischen ihnen überwindet und sie ergriff. »Und du brauchst mich.«

Sams Blick huschte zu Pure und das Blut wich aus seinen Zügen. Er kannte den Ausdruck auf ihrem Gesicht. Sie wog ab. Ihre Mundwinkel zuckten und ihre Brust hob und senkte sich unregelmäßig.

»Ja, Mädchen«, sprach nun auch Yoshi, doch in seiner Stimme lag Spott und keine Lieblichkeit. »Du gehörst zu uns und das weißt du. Was willst du sonst tun? Dein Leben auf der Flucht verbringen? Mit diesem Schlappschwanz hier?«

»Pure«, raunte Sam beschwörend. »Lass dich nicht einlullen.«

Er konnte das Knirschen ihrer Zähne förmlich hören.

»Pure«, begann Roth aufs Neue. »Ich war stets wie ein Vater für dich. Lass deine Familie jetzt nicht hängen.«

Bei den Worten schwenkte sie den Waffenarm herum, bis er in Sams Richtung zeigte. Seine Augen weiteten sich in Panik.

Nein!, schallte es noch zwischen seinen Ohren, als der Schuss sich löste und er versuchte, sich aus der Linie der Kugel fallen zu lassen. Sein Schmerzensschrei übertönte alles andere und jeder seiner Muskeln zog sich krampfhaft zusammen. Erst dann bemerkte Sam, dass der Schmerz ausblieb. Und dass nicht er es war, der geschrien hatte.

»Yoshi!«, erklang Roths verängstigter Ruf, kurz bevor ein Gewicht auf Sam stürzte.

Sofort kam er wieder auf die Beine und stützte den taumelnden Bluthund, dessen linke Schulter stark blutete.

»Du bist nicht mein Vater!«, grollte Pure.

»Du Hure!« Yoshis Knurren unter stoßweisen Atemzügen hörte sich an wie bei einem tollwütigen Hund.

»Was ist nun mit dem Deal?«, verlangte Pure zu wissen.

Roth war leichenblass und er strich sich mehrere Male durch das zurückgekämmte Haar, während er mit der Zunge über seine Lippen fuhr.

Sein Adoptivsohn. Sein Bastard. Sein Liebhaber, erinnerte sich Sam an Pures Worte. Offenbar bedeutete der Japaner Roth mehr als all seine Pläne. Was auch immer von den Gerüchten stimmte, die Bande mussten stark sein.

»In Ordnung«, rief Roth schließlich und ließ die Schultern sinken.

Ein erleichtertes Grinsen breitete sich auf Sams Gesicht aus.

»Okay«, sagte Pure nun an Sam gewandt. »Bring Yoshi langsam zu ihnen hinüber.«

Sam nickte und die beiden setzten sich in Bewegung. Zeitgleich übergab Roth die Tasche an einen seiner Handlanger, der Sam daraufhin entgegenkam. Absichtlich führte Sam seine Geisel in einer Kurve auf den Konzernboss zu, um dem Mann möglichst auszuweichen. Als ihn nur noch wenige Schritte von Roth trennten, hörte er einen erstickenden Schrei. Erschrocken drehte er sich um und sah, wie die Soldatin, die er zuvor aus dem Augenwinkel gesehen hatte, von hinten ihren Arm um Pures Hals gelegt hatte. Der Mann mit dem Computer sprintete die letzten Meter und entwand Pure die Waffen, nicht ohne einen kräftigen Tritt gegen das Schienbein zu kassieren.

In dem Moment traf Sam etwas am Hinterkopf, das ihn aus dem Gleichgewicht brachte und in die Knie sacken ließ. Erst als er die plötzliche Schwärze weggeblinzelt hatte, bemerkte er, wie Yoshi sich, trotz auf dem Rücken zusammengebundener Hände und der Verwundung, des Transponders bemächtigte und seine Fesseln löste. Sams Bewegungen waren zwar unkoordiniert und noch immer drehte sich alles vor ihm, doch er erkannte genau, wie der Soldat, der Pure die Waffe entwunden hatte, diese nun seitlich an ihren Kopf hielt.

»Tötet sie«, rief Roth gelassen hinter ihm.

Der Schuss hallte in Sams Schädel wider und er glaubte, sich auf der Stelle übergeben zu müssen. Er wollte schreien, um sich schlagen, einfach irgendwas tun, doch der Schock lähmte seine Muskeln. Da erkannte er, wie die beiden Uniformierten bei Pure nacheinander zu Boden glitten und reglos liegen blieben. Es war kein Echo gewesen, sondern zwei Schüsse.

Sam hob den Kopf und blickte auf Yoshi, der mit seiner Pistole in den Händen neben ihm stand. Die Strähnen seines Haarknotens hatten sich gelöst und fielen wirr in sein Gesicht, was ihm einen irren Ausdruck verlieh. Dazu kam sein Blick, der Sam das Blut in den Adern gefrieren ließ. Seine Augenlider flackerten und die Mundwinkel zuckten unaufhörlich.

»Pure«, grollte er düster, als zöge ein Gewitter auf.

Die Killerin stand bolzengerade zwischen den beiden Leichen und Sam sah, wie verkrampft sie war. Ihre Lippen zitterten, als sie langsam die Hände hob.

»Yoshi ...«, begann sie.

»Still!«, blaffte er. »Du hast mich von Anfang an hintergangen und belogen.«

»Das ist nicht wahr«, sagte Pure etwas gefasster, was dem Japaner ein helles Lachen entlockte.

»Ach, ist das so? Ich kenne die Wahrheit. Habe sie immer gekannt.« Er leckte sich über die Lippen. »Es war eine Wette. Ob Pure, die Frau, die jeden um den Finger wickeln konnte, es schafft, den unnahbaren Irren ins Bett zu kriegen.«

Die Killerin schwieg und Sam versuchte nach wie vor, die drei parallelen Bilder vor seinen Augen zu einem zu bündeln.

»Eine kurze Weile dachte ich, dass du es ernst meinst«, fuhr er fort. »Aber es war alles nur ein dummes Spiel. Was hast du gewonnen, Pure? Oder ging es bloß um Ruhm und Ehre?«

Er spuckte die letzten Worte beinahe aus.

»Bitte, Yoshi, hör mir zu ...«, begann Pure noch einmal, doch der Japaner schüttelte bloß den Kopf.

»Du bist den Atem nicht wert.«

In dem Moment, als sich sein Finger um den Abzug krümmte, besann sich Sam wieder. Aus seiner Position auf den Knien beugte er sich zur Seite und umfasste Yoshis Beine. Aus dem Gleichgewicht gebracht stürzte dieser seitlich zu Boden, trat aber sofort nach Sam und traf ihn am Kinn. Bevor er die Waffe auf ihn richten konnte, stieß sich Sam ab und landete mit voller Wucht mit einem Knie auf Yoshis Handgelenk. Dieser schrie auf, doch der Laut wurde von einem Dröhnen übertönt, welches auf einmal die Luft erfüllte. Der arge Luftzug bestätigte Sam, dass das Flugzeug dabei war abzuheben.

Mit einer unglaublichen Beweglichkeit gelang es dem

Japaner, seine eigenen Beine in Sams zu verhaken und ihn wieder auf den Boden zu verfrachten. Bevor Sam reagieren konnte, spürte er zwei massive Arme um seinen Hals, die ihn hochhievten, sodass seine Füße den Grund kaum mehr berührten. Verzweifelt krallte sich Sam an den Gliedmaßen fest und zerrte an ihnen, während sie seinen Luftweg abschnitten und ihm die Luft knapp wurde. Unglaublich, welche Kraft Yoshi aufbringen konnte, obschon sich eine Kugel durch seine Schulter gefressen hatte. Cyberprothesen waren zu so einigem fähig.

In einem letzten Versuch versuchte Sam, nach den Armen des Japaners zu beißen, auch wenn ihn dies vermutlich kalt lassen würde. Links von ihm erkannte Sam das Flugzeug, wie es etwas unstet abhob und hin und her schwankte. Mit einigem an Willen zwang er sich, die Hände von Yoshis Armen zu nehmen und hinter sich zu langen. Nach kurzem Umhertasten fand er Yoshis Schulter und presste einen Daumen in die feuchte Öffnung, die Pures Schuss hinterlassen hatte. Mit einem wilden Aufschrei fuhr der Bluthund herum und löste den eisernen Griff etwas. Sams Füße fassten Boden, er verkeilte einen Fuß mit denen seines Peinigers und führte gleichzeitig seine Hände zu Yoshis malträtiertem Handgelenk. Mit einer ähnlichen Bewegung, wie der Japaner es mit seinem Arm gemacht hatte, verdrehte er das Gelenk und zog zeitgleich an seinem Fuß. Mit einem Schrei ließ Yoshi los und stolperte nach hinten. Sam folgte ihm zwangsläufig einen halben Schritt, ließ sich dann aber sofort zu Boden fallen, wo er sich schmerzhaft auf seinen Händen abfing.

Ein grässliches, zerreißendes Geräusch erklang und kurz darauf ging ein Regen aus Blut und anderen festeren Bestandteilen auf Sams Beine nieder, gefolgt von

Funken und schwarzem Rauch. Etwa eine Armlänge über ihm fuhr die angewinkelte Düse hinweg, als der Tiltjet abdrehte und von der Kante des Daches glitt. Der Lärm war ohrenbetäubend und Sam presste sich so eng wie möglich auf den Boden, wo er glaubte, dass sein Kopf zerspringen würde.

Kaum war das Flugzeug außer Reichweite, erschütterte eine Explosion die Luft. Sam stützte sich auf die Arme, da übermannte ihn das Übelkeitsgefühl und er übergab sich. Eine ganze Weile lang würgte er, Tränen flossen in Strömen über sein Gesicht und ein rötlicher Schleier belegte seine Augen. Er wollte weg. Raus aus der Pfütze aus Mensch. Weg von dem, was von dem Mann übrig war, dessen Blut nicht nur an seinen Händen, sondern auch an seinem Körper klebte.

Als sein Magen nichts mehr hergab, er bloß trocken würgte und die Krämpfe in seinem Bauch zu ignorieren versuchte, hob er den Kopf und blickte dem Flugzeug hinterher. Die eine Düse hinterließ eine Schwade aus dunklem Dunst und zwischendurch erkannte Sam züngelnde Flammen. Dennoch hielt sich das Vehikel einigermaßen stabil in der Luft und würde sein Ziel vermutlich an einem Stück erreichen. Sam wandte den Kopf ab und blickte zu Pure. Wo sie vor wenigen Minuten noch gestanden hatte, war jedoch niemand mehr. Sam musste einige Male blinzeln, bevor sein Blick klar wurde und er eine bekannte Gestalt auf dem Boden liegen sah.

»Pure?«, röchelte er und kämpfte sich hoch.

Auf wackligen Beinen stürmte er zu der Stelle und kniete mit zugeschnürter Kehle neben der Killerin nieder, die auf dem Rücken zwischen den beiden Toten lag. Ihre Augen starrten weit aufgerissen in den Himmel, während ihr Mund immer wieder auf und zu schnappte, um geräuschvoll Luft einzusaugen.

»Pure«, rief Sam, doch sie schien ihn nicht zu hören. »Pure, du musst atmen.«

Er legte einen Finger an ihren Hals und bemerkte, wie dick die Venen von der restlichen Haut abstanden, prall gefüllt von aufgestautem Blut. Der Puls raste schneller, als gut sein konnte.

»Shit«, entfuhr es ihm gepresst.

Ihr Japsen wurde lauter und stärker, wobei es ihr stets nur gelang Luft einzuatmen, sie jedoch nicht wieder auszustoßen.

»Nein, nein, nein«, murmelte er zwischen zusammengepressten Zähnen und tastete nach ihrer Brust, wo sich eine beträchtliche Blutlache zu sammeln begann. Mit einer Bewegung zerriss er ihr Shirt und legte so die Einschusswunde frei. Yoshis Kugel, die er offenbar noch hatte abfeuern können, war in ihre rechte Brusthälfte gedrungen. Aus der Schusswunde floss das Blut in einem dicken Strom. Was ihn aber weitaus mehr beunruhigte, war die Tatsache, dass ihre rechte Brust unnatürlich, wie ein zum Platzen gefüllter Ballon, vorstand und sich immer stärker wölbte. Pures panisches, tränenüberströmtes Gesicht so gut wie möglich ignorierend, sprang Sam auf die Beine und blickte sich gehetzt um. Jede Sekunde zählte und nichts, was er in der Tasche hatte, würde ihm hier helfen.

Nach zwei Schritten kniete er neben einem toten Soldaten nieder und durchsuchte seine Taschen. Schnell fand er ein Schweizer Taschenmesser und damit alles, was er brauchte. Während er mehr zu Pure zurück schlingerte, denn ging, sammelte er eine der leeren Patronenhülsen eines Sturmgewehrs auf.

»Pure, hör mir zu. Du musst weiteratmen, okay?«

Die Worte hatten nur den Zweck sie abzulenken, ehrlich gemeint waren sie nicht. Er wusste, dass sie sich fühlte, als würde sie ersticken und ihr Brustkorb bersten. Hervorgebracht wurde die Atemnot durch den Lungendurchschuss und den Hautlappen, der sich bei jedem Atemzug wieder über die Einschusswunde legte. So sammelte sich die Luft zwischen ihrer Brustwand und der Lunge, welche schleunigst dort raus musste, wenn sie nicht den noch intakten Lungenflügel oder gar das Herz erdrücken sollte.

Mit den ruhigen Händen, über die nur ein Arzt in einer solchen Situation verfügte, klappte Sam eines der kleineren Messer auf, von dem er nie gewusst hatte, wozu es wirklich da war und bohrte ein Loch in die geschlossene Unterseite der Hülse. Sobald er das Loch nicht mehr größer brachte, umfasste er die Patrone mit einer Faust. Mit der anderen betastete er ihren Brustkorb und fühlte, wo sich die Rippen befanden.

»Sorry«, sagte er dann, holte aus und rammte die Hülse mit aller Kraft in die hervorstehende Brusthälfte. Pures Oberkörper bäumte sich auf und er krümmte sich zeitgleich unter ihrem reflexartigen Schlag in seine Seite. Mit Schweiß auf der Stirn blinzelte er den Schmerz weg und konzentrierte sich weiter auf Pures Brust. Ein Luftzug fuhr über seine Hand, die nach wie vor den hinteren Teil der Hülse umfasste, gleichzeitig sog Pure ein letztes Mal hörbar Luft ein, bevor sich die Geschwindigkeit ihrer Atemzüge verlangsamte. Sam atmete mit ihr gemeinsam aus und schloss für einen kurzen Moment die Augen. Schon wollte er sich um die Blutung kümmern, als er Rufe und das Trampeln schwerer Schritte vernahm. Sie stammten aus dem Treppenhaus.

»Verdammt«, fluchte er und griff nach einer Waffe.

Während er sie in der Hand wog, wurde ihm klar, dass er nicht die geringste Chance hatte. Panisch blickte er sich auf dem Dach um, als ihm etwas in der Ferne ins

Auge stach. Es war Wahnsinn. Aber alles andere bedeutete den Tod. Ohne auf ihre zerknirschten Schmerzenslaute zu achten, schob Sam die Arme unter Pures Körper, darauf bedacht, die Patronenhülse an Ort und Stelle zu behalten.

»Das wird jetzt nicht sonderlich angenehm«, warnte er sie vor.

Dann hievte er sie über seine Schultern und eilte, so schnell es irgendwie ging an den Rand des Daches. Er spürte jeden Knochen, biss jedoch die Zähne zusammen. Selbst als er mehr als einmal beinahe mit den Beinen einknickte, fing er sich auf und warf keinen Blick zurück. Als er am Abgrund angekommen war und auf die Brüstung stieg, knallte hinter ihm die Tür und Rufe wurden laut.

»W's tustu?«, murmelte Pure und die Angst triefte sogar durch das schleppende Sprechen.

»Vertrau mir einfach«, antwortete Sam heiser.

»Da sind sie!«, erschallte es hinter ihm und noch bevor die ersten Kugeln über das Dach flitzten, ging Sam in die Knie, sammelte alle verbliebene Kraft und sprang.

15. KAPITEL

Der Schmerz beim Aufprall trieb ihm die Luft aus den Lungen und Sterne explodierten vor seinen Augen. Mit der einen Hand umfasste er Pures Taille, als wollte er sie auseinanderquetschen, mit der anderen tastete er nach Halt. Er fand etwas Hervorstehendes und klammerte sich daran. Erst nach einer Weile wurde ihm klar, dass er nicht in Gefahr lief, abzurutschen. Dennoch presste er das Gesicht auf das kühle Metall und wagte es nicht aufzublicken. Etwas später verstummten die Schreie und Schüsse und Sam lockerte langsam seinen verbissenen Griff.

Als er die Augen öffnete, vergaß er im ersten Moment das Atmen. Auf dem Prime Tower musste er denselben Ausblick gehabt haben, nur hatte er dort keinen einzigen Gedanken daran verschwendet. Lautlos bewegte sich die Gondel, auf dessen Dach sie sich befanden, über die unruhigen Straßen von Zürich hinweg, als gehöre sie zu einer anderen Welt. Der Wind zupfte an Sams Kleidern und ließ ihn frösteln, doch für den Moment war es ihm egal. Er hatte noch nie etwas Wundervolleres gesehen als diese verdammte Stadt aus dieser Perspektive. Lebendig. Pulsierend. Und alles andere als erdrückend, wie er sie sonst so oft empfand.

»Pure?«, flüsterte er, als er den Atem wiederfand, erhielt jedoch keine Antwort.

Vorsichtig rollte er sie von seiner Schulter auf die Fläche neben ihm.

Die Hülse steckte weiterhin in ihrer Brust, die ihr das Atmen ermöglichte und die Adern an ihrem Hals waren abgeschwollen. Ein nervöser Griff bestätigte, dass ihr Puls sich normalisiert hatte. Dennoch waren die

Schmerzen und der Blutverlust genug gewesen, um ihr das Bewusstsein zu rauben. Während er sich mit der einen Hand noch immer an einem hervorstehenden Metallstück festhielt, presste er seine freie Hand auf die Einschussstelle, um den Blutfluss zu stoppen. Erst da merkte er, dass sie ihren eigenen verkrampften Arm dazu benutzte, etwas an ihre Brust zu drücken. Erstaunt entwand er die kleine Tasche mit dem Computer ihrer Umarmung.

»Teufelsweib«, murmelte er mit einem müden Lächeln, als er das Gerät so gut es ging, in seinen Gürtel schob.

Kurz darauf beendete die Gondel sanft ihre Reise auf dem Dach eines Hochhauses und Sam vergeudete keine Zeit, sich mit Pure hinuntergleiten zu lassen. Ein weiteres Mal fing er ihr beider Gewicht mit seinen Cyberbeinen ab, welche den Aufprall abfedern konnten. Wie beim Sprung vom Prime Tower verhinderte dies, dass seine Wirbelsäule verletzt wurde, trotzdem fuhr der Schmerz in seinen Knien wie Feuer durch seinen Körper.

Als er auf dem Dach stand, bemerkte er, dass hinter ihm die Gondeltür zwar geöffnet war, jedoch keiner der Gäste ausstieg. Leichenblass und zusammengedrängt warteten mehrere Personen in piekfeinen Anzügen in der Kabine und starrten das Paar an. Sam kümmerte sich nicht um sie, sondern eilte, so schnell es mit dem zusätzlichen Gewicht ging, zum Lift. Während der Abfahrt in der Kabine senkte er ihren Körper auf den Boden und lehnte ihn mit dem Rücken an die Wand.

»Pure?«, sagte er laut. »Pure, ich kann dich nicht mehr tragen. Wach auf!«

Mit mehr als einem kleinen schlechten Gewissen ballte Sam die Hand zur Faust und presste die Knöchel mit Kraft gegen ihr Brustbein. Der Schmerzstimulus kam offenbar an, denn sie stöhnte auf.

»Pure?«

Für einen Moment flackerten ihre Augenlider, bevor sie sie schwach auseinander zwang.

»Kannst du aufstehen?«, fragte er, als er erkannte, dass sie ohne Unterbrechung schon beinahe im Erdgeschoss angekommen waren. Pure versuchte ein Nicken, Sam griff sie um die Schultern und zog sie auf die Beine. Mit ihrem Arm um seinen Nacken stützte er zwar nach wie vor fast ihr gesamtes Gewicht, aber es war etwas einfacher als zuvor. Der Fahrstuhl verharrte und die Türen glitten auseinander. Kurze Aufschreie und scharfes Lufteinsaugen schlugen ihnen entgegen, als Sam sich an den Wartenden vorbeizwängte und mit sturem Blick auf den Eingang gerichtet voranschritt. Pure half nicht wirklich viel mit, aber es war besser, als ihr totes Gewicht zu tragen.

Kaum aus dem Gebäude, niemand hatte auch nur die Idee gehabt sie aufhalten zu wollen, trat Sam an die Straße und signalisierte einem Taxipod, dass sie Transport benötigten. Er bugsierte Pure in das Vehikel und gab eine Adresse an, während er sich bereits darum kümmerte, dass Pure in einer Position saß, welche die Verletzung nicht belastete.

»Halte durch, ja?«, murmelte er und verzog das Gesicht, als sie als Antwort nur ein gurgelndes Geräusch von sich gab. Etwas später verharrte das Taxi, Sam bezahlte mit seinem Daumen und zog Pure aus dem Fahrzeug. Erst jetzt wurde ihm bewusst, dass er seine eigene Adresse angegeben hatte. Zur Salzsäule erstarrt stand er auf der Straße vor seiner Praxis und konnte nichts anderes tun, als die Augen langsam von einer Seite zur nächsten zu bewegen.

Als das Bündel neben ihm aufstöhnte, wurde ihm jedoch klar, dass sie längst tot wären, sofern das Gebäude umstellt war. Und auch wenn sie im Inneren auf sie warteten, so blieb ihm dennoch keine Wahl. Er zog Pure in die Wohnung, schleifte sie durch die Sterilisationskammer und hievte sie auf den Operationstisch, wo noch einige Tropfen seines eigenen eingetrockneten Blutes klebten. Das Chaos, das Yoshis Leute hinterlassen hatten und damit auch die Kontaminierung seines Operationsbereiches, ignorierend, desinfizierte er seine Hände und Arme so gut es ging. Er sprintete zum Kühlkasten und holte eine Elektrolytlösung hervor. Mit zittrigen Fingern desinfizierte er auch ihren Arm und versuchte die Adern auszumachen, um eine Infusion zu legen. Pures Schockzustand hatte ihre Gefäße unauffällig klein werden lassen, stellte er fluchend fest. In Kombination mit seinen zitternden Händen bedeutete dies, dass er ihre Venen mit großer Wahrscheinlichkeit nicht treffen würde. Das ließ nur eine Möglichkeit.

»Sorry«, entschuldigte er sich ein weiteres Mal, während er den Bohrer zur Hand nahm, der für diese Fälle unter dem Operationstisch bereitlag. Rasch desinfizierte er die Stelle unter Pures Knie, setzte den Bohrer an und stanzte sich vor bis zu ihrem Knochenmark. Die Abwesenheit einer Reaktion auf Pures Seite verriet ihm, dass sie bereits wieder das Bewusstsein verloren hatte. An den geschaffenen breitlumigen Zugang hängte er direkt die Infusion, ohne sie über eine seiner Assistenzmaschinen laufen zu lassen. Daneben schloss er auch ein sedatives Mittel sowie starke Antibiotika an. Jetzt konnte er sich um die Wunde kümmern. Als Erstes entfernte er die Patronenhülse, reinigte die Einstichstelle und setzte ein Plastikröhrchen ein, welches er fixierte.

»Dann holen wir den Scheißkerl mal da raus«, murmelte er und bereitete eine Öffnung für die Sonde vor, die ihm sagen sollte, wo sich die Kugel befand.

Nur wenig später zeigten sich ihm die Bilder des Fremdkörpers in Pures Leber. Nun, da Sam erkannte, womit er es zu tun hatte, begann er wie ein Roboter zu arbeiten. Er kannte die Abläufe und schaltete in den Automatikmodus, auch wenn die Hälfte seiner Assistenzmonitore ausgefallen war.

Geschickt entfernte er den Leberlappen und nähte die verletzten Blutgefäße zusammen. Dafür benötigte er nicht mehr als eine halbe Stunde. Dann wusch er die Umgebung der Verletzung noch einmal gründlich, bevor er mehrere seiner teuren Medipacks aus dem Kühler holte. Diese brachte er an den unterschiedlichen Öffnungen für die Sonde, wie auch für die Operation und der Einschusswunde an und presste den Inhalt mit kräftigem Druck auf seine Oberfläche in die Wunde. Unter der Behandlung bäumte sich Pure kurz mit einem gequälten Seufzen auf, danach sackte sie schlaff in sich zusammen. Nun machten sich Desinfektionsmittel, Débridement-Nanobots, Schmerzstiller und was sonst noch von Nutzen war an die Arbeit.

Erleichterung durchströmte Sam, wenngleich die Ungewissheit nicht ganz getilgt sein würde bis Pure erwachte. Er konnte nur abwarten und hoffen. Erschöpft ließ er die Schultern hängen und spürte auf einmal, wie Schwindel ihn überkam. Mit schwarzen Flecken vor den Augen taumelte er zurück, trat auf am Boden liegende Petrischalen und anderes Werkzeug und stützte sich kurz am Tisch ab, bevor er langsam nieder- und in einen sanften Dämmerzustand versank.

16. KAPITEL

Sam erwachte von unterdrücktem Fluchen und einmal mehr mit pochenden Kopfschmerzen. Er blinzelte einige Male, bevor er sich seiner Umgebung bewusst wurde. Das kleine heruntergekommene Zimmer erinnerte ihn ein bisschen an den Raum, in den sich die Erwachsenen in der Containersiedlung zurückgezogen hatten, wo er aufgewachsen war. Er lag auf einer durchgelegenen Matratze, dem einzigen Einrichtungsgegenstand und neben ihm saß Pure an die Wand gelehnt und mit angezogenen Beinen.

Das Fluchen stammte von ihr, wobei sie mit verschränkten Armen auf den kleinen Computer starrte, den sie auf den Knien balancierte. Für einen Moment lag Sam einfach nur da und ließ das Bild auf sich wirken. Wie war er hierhergekommen? Dann fielen die einzelnen Erinnerungen langsam in ihre korrekte Form und Reihenfolge.

»Nichts Brauchbares?«, nuschelte er und Pures Kopf fuhr zu ihm herum. Ihre Miene erhellte sich schlagartig.

»Du bist wach«, stellte sie fest, legte den Laptop zu Boden und robbte näher an die Matratze. Erst jetzt bemerkte er, dass das Plastikröhrchen durch ein Loch in ihrem Shirt ragte.

»Wo sind wir hier?«, fragte Sam und unterließ es, sich großartig zu bewegen.

»Im erstbesten leerstehenden Container, den ich finden konnte«, sagte sie und verzog den Mund zu einem traurigen Lächeln. »Als ich aufwachte, lagst du ohnmächtig am Boden. Ich dachte, es wäre sicherer deine Wohnung zu verlassen.«

»Du hast mich bis hierher geschleppt?«

Sie zuckte mit den Schultern.

»Ich habe ein Taxi benutzt.«

Irrte sich Sam oder erschien ein lobhaschendes stolzes Grinsen auf ihrem Gesicht? Ganz offensichtlich kam es nicht oft vor, dass sie sich in öffentlichen Verkehrsmitteln fortbewegte.

»Du bist kein Riese und um ehrlich zu sein ...« Sie hob kurz die Schultern. »Fühle ich mich erstaunlich gut. Du verstehst was von dem, was du tust.«

»Danke«, antwortete Sam mit einem müden Nicken. »Aber die Medipacks machen die meiste Arbeit.«

»Was genau ist das?«, fragte sie nun etwas zaghaft mit einem Blick auf ihre Brust.

»Du hast einen Spannungspneumothorax erlitten.« Auf ihren fragenden Blick hin erklärte er: »Der Schuss hat deinen rechten Lungenflügel durchbohrt, woraufhin dieser kollabierte. Die Luft, die du eingeatmet hast, hat daraufhin deinen Brustkorb gefüllt, wo sie nicht entfliehen konnte, da sich Gewebe über die Einschussstelle gelegt hat. Also musste ich einen anderen Ausgang schaffen.« Er bracht ab, als Pure das Gesicht verzerrte und abwehrend die Hände hob.

»Mehr will ich gar nicht wissen.«

Sam lächelte müde.

»Ich denke, du solltest das Röhrchen schon bald entfernen können.«

»Apropos Medi-Kram«, begann sie und zog eine Tasche auf ihren Schoß. »Ich hab das eine oder andere aus deiner Praxis eingepackt. Keine Ahnung, ob du was für dich gebrauchen kannst.«

Nun rührte sich Sam und stützte sich auf den Ellenbogen, um einen Blick in den Beutel zu werfen. Da fiel ihm auf, dass er nichts weiter als seine geöffnete Hose trug. Pure bemerkte seinen Ausdruck und verzog das

Gesicht.

»Ich hab versucht, dich aus den verdreckten Kleidern zu schälen. Bei den Hosen bin ich gescheitert.«

Auch wenn das Blut bereits eingetrocknet war, hatte die Kleidung lauter rote Flecken auf der Matratze hinterlassen und auf einmal spürte Sam, wie unangenehm sich der steifgewordene Stoff anfühlte. Seine nackte Haut wies überall Spuren von Blut auf. Nicht sein Blut. Entweder war es Pures oder Yoshis. Bei dem Gedanken verkrampfte sich sein Magen und Übelkeit stieg in ihm auf. Gleichzeitig dachte er daran, wie Pure sich gefühlt haben musste, als sie ihm aus den Klamotten geholfen hat, die nur so standen vom Blut ihres ... Liebhabers?

»Danke«, war das Einzige, was ihm dazu über die Lippen kam.

Er beendete ihre Arbeit, als er sich aus den Jeans schälte und sie weit von sich weg in eine Ecke pfefferte.

»Ich hab auch frische Sachen für dich eingepackt«, sagte sie und ignorierte seinen besorgten Blick.

Sam setzte sich langsam auf und nahm die Tasche entgegen. Zuoberst lagen ein altes Hemd und Jeans, die er fürs Erste zur Seite legte. Er fühlte sich, als brauche seine Haut erstmal Zeit zum Atmen.

»Duschen gibt es hier wohl keine, was?«, fragte er sarkastisch und wühlte sich durch die verschiedenen Medikamente, die Pure eingepackt hatte. Sogar ein Beutel mit Blut lag darin, das weder seiner Blutgruppe entsprach noch ausreichend gekühlt war. Schmunzelnd legte er die Konserve weg. Dann fand er, wonach er suchte. Er würgte zwei der Schmerztabletten trocken hinunter und schloss kurz die Augen, bis die eingebildete Wirkung einsetzte. Er wusste, dass Pure ihn beobachtete, sie unterließ jedoch eine spöttische Bemerkung. Sam wühlte weiter und warf ihr ein Pack Tabletten zu.

»Antibiotika. Davon solltest du morgens und abends eine einwerfen. Macht dich vielleicht etwas dusselig, aber besser, du sagst den Bakterien gleich, wer der Chef ist.« Sie nickte, auch wenn kurz Sorge in ihren Gesichtszügen stand. Stattdessen fragte sie: »Wie hast du den Sprung überstanden?«

Sam öffnete die Augen wieder und drehte das Pillenröhrchen in seiner Hand hin und her. Dann seufzte er.

»Meine Prothese hat den Aufschlag abgefangen. Außerdem bin ich, wie erhofft, auf einer vorbeifahrenden Gondel gelandet und nicht auf der Straße unter uns.«

Er wusste nicht, ob Pure das noch mitgekriegt hatte oder bereits ohnmächtig gewesen war.

»Hm«, sagte sie nur und Sam legte die Stirn in Falten.

»Was ist?«, fragte er.

»Sie bereitet dir Schmerzen. Ihretwegen brauchst du all die Schmerzmittel«, stellte sie fest und Sam nickte nur. Es hatte keinen Sinn es abzustreiten.

»Warum? Du bist Chirurg, weshalb schlägst du dich mit den Komplikationen herum, wenn du es besser hinkriegst als der Idiot, der bei dir gepfuscht hat?«

Sams Kiefer versteifte sich und er wich ihrem Blick aus. Natürlich könnte er. Sofern er es wollte.

»Du bist der Idiot«, interpretierte Pure seine Reaktion korrekt. »Wie ... Warum?«

Sam winkte ab, bevor sie weiterstotterte.

»Übung«, murmelte er dann. Er hatte keine Lust darüber zu reden, wusste aber, dass es schneller ging, es einfach hinter sich zu bringen. »Als ich meine eigene Praxis eröffnete, musste ich mich daran gewöhnen auch mal mit minderwertigerem oder gebrauchtem Material zu arbeiten. Und da die Patienten vorerst ausblieben, blieb mir keine andere Wahl, als an mir selbst zu üben.«

Pures Mund stand vor Schock offen. »Du hast dich

selbst operiert?«

»Ja«, antworte er. »Öfters.«

Auch sein Körper beinhaltete mehr Cyberware, als der, eines eigentlich gesunden Menschen. Doch vieles davon war harmlos und nichts machte solche Zicken wie das Bein.

»Amputiert hat jedoch Crunch unter meiner Anweisung.«

Pure kriegte den Mund nicht wieder zu.

»Du bist verrückt.«

Sam wiegte den Kopf, als müsse er über die Aussage nachdenken.

»Aber du könntest es noch einmal tun, oder? Besser?«, hakte sie nach.

Sam biss sich in die Wange und überlegte, was er ihr antworten sollte. Es gab einen einzigen Grund, warum er es nicht tat. Und das war sein falscher Stolz. Sich eingestehen, dass er es vermasselt hatte.

»Was ist mit dem Computer?«, fragte er stattdessen.

Pure schloss den Mund und erkannte, dass die Diskussion beendet war. Sie grabschte nach dem Laptop und reichte ihn Sam.

»Passwortgeschützt«, sagte sie. »Ich hab mich nicht getraut, es mehr als einmal zu probieren. Wer weiß, wann der Inhalt von selber zerstört wird, wie beim Safe.«

Sam nickt und starrte eine Weile auf die blinkende Passwortabfrage. Wenn nur Crunch hier wäre.

»Mein Handy?«, fragte er, als ihm eine Idee kam.

Pure zog es aus ihrer Hosentasche und reichte es ihm.

»Es gehörte Crunch«, erklärte er, als er ihren fragenden Blick bemerkte.

Obschon der Computer noch nie am Netz war, hieß

das nicht, dass er keinen Empfänger besaß. Sam schaltete ihn ein und verband den Laptop mit dem Telefon.

»Und das heißt?«, fragte Pure und hob die Augenbrauen, als sie mit einem schelmischen Seitenblick bedacht wurde.

»Das heißt, das Gerät hat was auf dem Kasten.«

Konzentriert scrollte er auf dem kleinen Display durch die darauf gespeicherten Anwendungen, bis er fündig wurde.

»Im Großen und Ganzen will ich sagen, dass Crunch ein fauler Hund ist ... war«, korrigierte er sich sofort und erntete einen mitleidigen Blick, der aber in Neugierde umschlug, als bald lauter Zeilen auf dem Handy-Display vorbeisausten. »Viele Funktionen, die er für seine alltäglichen Hacks benötigt, hat er automatisiert und in seine eigene Code-Suite gepackt.«

Pures Miene erhellte sich nicht wirklich und Sam lächelte etwas gequält.

»Sorry, irgendwas von seinem Gelaber hat wohl auf mich abgefärbt.«

»Schon okay«, beruhigte sie ihn. »Das heißt, dein Handy kann auf Knopfdruck Passwörter knacken?«

»Besser. Es findet den Ort, wo das Passwort gespeichert ist. Zumindest habe ich das irgendwie so verstanden«, antwortete er und in dem Moment verschwand das Passworteingabefeld und der Desktop eröffnete sich ihm. »Ha!«

Nun schob sich Pure neben ihn auf die Matratze und nah genug heran, damit sie etwas erkennen konnte. Der Computer war ziemlich spartanisch eingerichtet, ein einfaches Betriebssystem mit einem Fileverzeichnis und den üblichen Programmen um dieselben anzuzeigen. Das war auch alles. Sam öffnete den Datei-Browser und scrollte ziellos hin und her.

»Da!«, rief Pure auf einmal, als sie einen Ordner entdeckte.

Er war mit einer einfachen Nummer bezeichnet und Sam erkannte auf den zweiten Blick die Seriennummer des verwunschenen Medikaments. In besagtem Ordner befand sich eine lange Liste von Daten und sie alle durchzusehen, würde eine Menge Zeit in Anspruch nehmen.

»Na dann los«, seufzte Sam und öffnete die erste.

Die erste Handvoll Dateien stellte den E-Mail-Verkehr zwischen den Roth-Geschwistern dar. Pure und Sam konnten sich zwar ausmalen, was ihre verschlüsselte Sprache zu bedeuten hatte, jedoch war nichts davon belastend genug. Erst beim Öffnen einer einfachen Textdatei sog Pure scharf Luft ein.

»Das ist ein Einsatzplan für uns«, sagte sie und nahm Sam den Computer aus den Fingern.

Wer mit uns gemeint war, konnte sich Sam nur allzu gut vorstellen.

»Die Ermordung de Preux'?«, fragte er und blinzelte auf den Bildschirm.

Pure legte die Stirn in Falten und schwieg. Sie scrollte schneller durch die Datei, als Sam folgen konnte und öffnete dann drei, vier ähnliche Files. Mit jedem Dokument wurde sie blasser.

»Was ist?«, drängte Sam.

»Es ist ...«, begann sie, doch ihre Stimme war kratzig und versagte. Sie atmete durch und räusperte sich. »Es sind die Pläne weiterer Eliminierungsaufträge. De Preux war nicht der Einzige, der auf Roths Abschussliste stand.«

Sam riss die Augen auf.

»Wer noch?«, fragte er.

Pure leierte ihm die Namen herunter und Sam gab

sie zeitgleich in das Suchfeld auf dem Handy ein. Wenig später prangten die Porträts von fünf Leuten auf dem Bildschirm. Politiker, Industrielle und Aktivisten. Meist hatte es genügt, den Einleitungstext zu lesen, um zu wissen, dass sie alle für das Prothesenverbot einstanden.

»Aber dann ...« Sams Stimme klang wie die von Pure vorhin. »Dann hat er es nicht nur auf das Medikamentenverbot abgesehen.«

Pure nickte und atmete hörbar aus.

»Er will das Verbot aufheben, gesunde Körperteile durch Cyberware ersetzen zu lassen.«

Alles ergab Sinn. Fiel dieses Verbot, gelänge es den Konzernen mehr oder minder legal, ihre Mitarbeiter zu den Operationen zu zwingen. Gleichzeitig stiege der Verkauf des Medikaments ins Unermessliche.

»Diese Bastarde«, spie er aus und sprang auf die Beine.

Sofort durchzuckte ihn der Schmerz in seinem Knie und er sackte zusammen.

»Sam!«, rief Pure und kauerte sich neben ihn.

Die Wut, die in seinem Bauch kochte, drohte ihn nach wie vor zu überwältigen und die Pein schürte sie zusätzlich. Er ließ seinem Frust mit einem gellenden Schrei freien Lauf. Pure fasste ihn fest um die Schultern, offenbar, um ihn vor sich selbst und irgendwelchen Dummheiten zu schützen.

»Alles in Ordnung«, murmelte Sam nun leicht beschämt und erhob sich dieses Mal langsamer.

»Der Computer bietet uns die nötigen Beweise«, erklärte Pure sachlich, während sie immer noch auf dem Boden kniete. »Wir brauchen nur einen Journalisten, der bei der Sache mitmacht, danach können wir nichts weiter tun.«

Sam nickte und blickte Pure entschlossen an. »Dann

suchen wir diesen Journalisten.«

17. KAPITEL

Mehrere Tage vergingen, während der sie sich die Arbeit teilten. Pure machte sich schlau über Reporter, die sich in der Vergangenheit bereits auf die Seite der Arbeiterschützer geschlagen hatten. Sam versandte anonymisierte Warnungen an die Personen, die auf Roths Abschussliste standen. Sie hatten beschlossen, dass ein Hinweis vorerst genügen musste und verzichteten auf weitere Details, bis sie wussten, dass sich alle Daten in guten Händen befanden. Sam hoffte, die Warnungen würden ernst genommen.

Mangels Alternativen blieben sie in ihrem Versteck, auch wenn es Sam ständig juckte, in seine Praxis zurückzukehren. Ganz besonders, weil er sich das Gespräch mit Pure noch einmal durch den Kopf hatte gehen lassen und sich immer lächerlicher vorkam mit seinem gebrochenen Stolz um sein Bein. Außerdem verschlimmerten sich die Schmerzen nach dem Sprung nach und nach, sodass er vermutete, zusätzlichen Schaden angerichtet zu haben. Sich selbst zu operieren wäre in dem Zustand mehr als unvernünftig. Das Geld auf seinem Konto wollte er für den Moment jedoch nicht anrühren. Wenn Roth dessen Fluss verfolgen konnte, würde er nur einen anderen Arzt damit in Gefahr bringen. Dennoch pochten die Schmerzen momentan dermaßen, dass er nicht einmal das Zimmer verlassen mochte.

Pure versuchte Essen aufzutreiben. Die Warnungen waren draußen und so blieb nur das ungewisse Abwarten für ihn übrig. Da erinnerte er sich. Er öffnete den Hash-Konverter auf dem Handy und starrte eine Weile auf das leere Feld. Dann tippte er etwas ein, kopierte den erzeugten Wert und fügte ihn schließlich bei der Passwortabfrage auf Crunchs Server ein. Der Hacker hatte die Daten im Glauben angelegt, dass sie wertvoll sein könnten. Vielleich ließen sie sich in sicheres Geld umwandeln. Mit schwerem Herzklopfen drückte Sam auf Enter und kurz darauf starrte er auf eine weitere Ordnerstruktur, dieses Mal auf Crunchs privatem Speicher.

Für einen Moment schnürte es ihm die Kehle zu, doch er schluckte einmal schwer und betrachtete die Ordnernamen. Viele waren kryptisch und dazu absolut unsortiert. Nur schon herauszufinden, woher die Daten stammten, war auf den ersten Blick nahezu unmöglich. Sam seufzte und öffnete lustlos hier und da ein File, aus dem er nicht schlau wurde. Dann legte er das Telefon wieder beiseite, als seine Kopfschmerzen überhandnahmen. Er drehte sich zur Seite und widerstand dem Drang nach den Schmerztabletten zu greifen.

Als etwas Weiches gegen seinen Rücken flog, erwachte er aus einem wohligen Schlummerzustand. Mürrisch setzte er sich auf und griff nach der Packung Chips, die Pure ihm hingeworfen hatte.

»Sehr ausgewogen«, bemerkte er und sie hob eine Augenbraue, während sie die restlichen Einkäufe in eine Ecke stellte.

»Sind wir heute grantig, Doc?«

Er massierte seinen Nasenrücken und öffnete die Packung.

»Sorry«, murmelte er.

Pure setzte sich zu ihm auf die Matratze und griff nach den Chips.

»Kopfschmerzen?«, fragte sie, doch er winkte ab.

»Bin gleich wieder da«, sagte er dann und stemmte sich hoch. Mit zusammengebissenen Zähnen und darauf bedacht, so wenig wie möglich zu humpeln, verließ er das Zimmer und suchte die Gemeinschaftstoilette im Gang auf. Als er zurückkehrte, tippte Pure auf dem Handy herum und streckte es ihm entgegen. Das Bild einer jungen, streng dreinblickenden Frau von dunkler Hautfarbe starrte ihm entgegen.

»Kara Baumgartner«, erklärte Pure. »Sie arbeitet als freischaffende Journalistin und hat schon oft reißerische, aber gut recherchierte Artikel zum Thema Cyberprothesen und so weiter verfasst. Ich glaube sie verfügt über genau die Stimme, die wir brauchen.«

Sam nickte und überflog den beschreibenden Text zu ihrer Person. Eigentlich war es ihm egal, wen Pure aussuchte. Er wollte die Daten nur loswerden und sicher sein, dass sie richtig verwendet wurden.

»Sieht gut aus«, sagte er und schnappte sich ein paar Chips.

»Ich habe vor, die Daten noch ein paar anderen Leuten zuzuspielen. Nur falls etwas schiefgehen sollte. Leute, die mehr im Untergrund arbeiten«, erklärte Pure weiter und Sam nickte auch dies ab. Sie würde schon wissen, was sie tat. Eine Weile lang schwiegen sie und nur das Rascheln der Tüte erfüllte als einziges Geräusch den Raum.

»Also«, begann Pure dann auf einmal. »Alexis Zingg?«

Bei dem Namen zuckte Sam zusammen. Sein Blick huschte instinktiv zum Handy in seinem Schoß und er schalt sich selber für seine Achtlosigkeit.

»Der Konverter war noch geöffnet. Tut mir leid«, sagte Pure entschuldigend, doch ihre Stimme triefte vor Neugierde.

Sam blickte sie nicht an, hob aber gleichgültig die Schultern.

»Das ist mein Name. Oder er war es. Meine Mutter hatte griechische Wurzeln, glaub ich.«

»Was ist passiert?«

»Der Konzern, der mich damals aus den Siedlungen geholt hatte und mich ausbildete, funktionierte ähnlich wie Roth Industries. Und vermutlich wie jeder andere auch. Ich hatte die Nase voll davon, Leute gegen ihren Willen zu modden und bin irgendwann abgehauen.« Er hob die Hand, um Pure am Unterbrechen zu hindern, doch sie machte gar keine Anstalten in die Richtung. »Um untertauchen zu können, hat mich Crunch mit einer neuen Identität ausgestattet. Samuel Meyer. Er ist der Einzige, der meinen alten Namen kennt.« Sam ließ sich zurück auf die Matratze fallen und starrte an die Decke. »Gebracht hat es mir nicht viel, weil ich trotzdem Geld verdienen musste.«

»So würde ich das nicht sehen«, meinte Pure und ihr Tonfall klang beinahe vergnügt.

»Was meinst du?«, fragte Sam und drehte den Kopf, um sie von der Seite anzublicken.

»Wärst du nicht abgehauen, hätte Yoshi mich nicht für die Operation zu dir gebracht.«

Sie sprach es nicht aus, doch Sam wusste, was sie damit meinte. Wäre sie nicht bei ihm gelandet, hätten sie sich nie zusammengetan, um die ganze Angelegenheit aufzudecken. Es zauberte ein Lächeln auf seine Lippen.

»Ja«, sprach er und setzte sich auf. Mit einem leichten Knuff in ihre Seite fügte er hinzu: »Und mir wäre so einiges erspart geblieben.«

Nun grinste sie und sie beließen es dabei.

»Ich treffe mich in vier Tagen mit Kara und übergebe ihr den Laptop. Sie befindet sich im Moment im Ausland«, sagte Pure schließlich und erhob sich. »Ich muss noch mal raus.«

Sam nickte und beobachtete, wie sie zur Tür ging.

»Danke Pure«, rief er ihr hinterher. »Dass du mich beim ersten Mal nicht getötet hast.«

Es war nicht als Scherz gemeint, dennoch konnte er sich ein Grinsen nicht verkneifen. Sie verharrte und drehte sich zu ihm um. Etwas erschrocken erkannte er den stummen Schmerz, der hinter ihrem Blick lag.

»Nenn mich Melanie«, sagte sie leise. »Pure gibt es nicht mehr.«

Ihre Hand fuhr, vielleicht unbewusst, kurz zu ihrem Cyberauge, dann wandte sie sich um und verließ den Raum.

18. KAPITEL

Vier Tage später kehrte Melanie ein weiteres Mal zurück in das Zimmer und Sam erkannte die Erleichterung, die sie ausstrahlte.

»Alles geklappt?«, fragte er dennoch und trat auf sie zu.

Sie nickte und lächelte müde.

»Jetzt liegt es an ihr.«

Sie durchquerte den Raum und ließ sich auf der Matratze nieder.

»Das ist gut«, sagte er nur und trat ans Fenster, nur um sofort wieder zurück zu seinen wenigen Habseligkeiten zu gehen, wo er aber auch nicht länger verharrte. Die Unruhe strömte durch seinen ganzen Körper und nur das Auf- und Abgehen verschaffte Linderung.

»Du hast dein Bein machen lassen!«, erschallte plötzlich Pures überraschter Ausruf.

Es war keine Frage und Sam wunderte sich langsam, woher sie ihre Fähigkeit, so genau zu beobachten und Schlüsse zu ziehen, hernahm. Vielleicht etwas, das man als Killerin lernte.

»Ja«, antwortete er und drehte sich einmal um sich selbst, als wollte er sich präsentieren. »Gestern. Ich hab bei Crunchs Daten was gefunden, das einen meiner Berufskollegen belastet.«

Die Implikation war klar. Sam hatte den armen Kerl erpresst, damit er sein Bein in Ordnung brachte. Obwohl er wusste, dass dies falsch war, brachte er es nicht über sich, sich schuldig zu fühlen.

»Die Daten«, wiederholte Melanie. »Hast du sie alle durchgesehen?«

Sam hob abwehrend die Hände.

»Bewahre. Es sind zu viele. Wirf einen Blick rein, wenn du magst.«

Sie griff nach dem Handy und tippte darauf herum, während Sam unruhig umhertigerte. Zu lange hatte er hier in diesem Zimmer gelegen und zu lange hatte er Schmerzen gelitten, als dass er jetzt still sitzen konnte. Aber er wusste auch, was kommen musste und obwohl er sich auf einen Neuanfang freute, knotete es seinen Magen zusammen, beim Gedanken, sich von seiner kurzzeitigen Gefährtin zu trennen. Sie waren sich einig gewesen, dass sie unterschiedlichen Wegen folgen sollten. Alleine würden sie unauffälliger aus der Sache herauskommen.

»Sam«, sagte Melanie langsam, ohne vom Display aufzublicken. »Hast du die Daten von Roth Industries schon angeschaut?«

Sam verharrte im Schritt. »Wie?«

»Da sind ein paar Videodaten drauf. Gekennzeichnet mit *rothind*.«

Sam rannte beinahe zu ihr und warf sich auf die Matratze. Tatsächlich. Mehrere Dateien mit der gleichen Bezeichnung wie diejenigen, die bei Crunch über den Bildschirm geflimmert waren, als er ihn tot aufgefunden hatte. Offenbar hatte der Hacker noch das eine oder andere mitgehen lassen. Ohne zu fragen, öffnete Melanie eines der Files. Zu sehen war der Mitschnitt einer Überwachungskamera. Schlechtere Qualität als TV, aber dennoch gut genug, um zu erkennen, wie Xaver Roth mit einer grobschlächtigen Frau im dunklen Anzug an einer Scheibe stand, hinter der sich ein kleines Labor befand. Die Szene kam ihm bekannt vor und auch Melanie schluckte. Dennoch unterbrach keiner von ihnen das Video.

Als sich die Tür zum Labor öffnete, grollte Sam tief

in seiner Kehle. Hineingebracht wurde ein Cyborg. Mehrere Soldaten behielten ihn durch lange Stangen, die an seinen Gliedmaßen befestigt waren, in Schach. Der Mann, der nur noch den Kopf eines Menschen besaß und ansonsten durch und durch mit erkennbarer Cyberware ausgestattet war, tobte tollwütig und Sam war froh, keinen Ton mitgeliefert zu kriegen. Mit Gewalt zwangen die Soldaten den Cyborg in die Knie, woraufhin sich einer von ihnen von hinten dem Cyborg näherte und ihm etwas in den Hals injizierte. Die Frage, worum es sich dabei handelte, stellte sich nicht. Mit einem Schlag ließ der Widerstand nach und er zeigte die gleichen Merkmale wie der Kerl, den Sam aus dem Medizinschrank heraus beobachtet hatte. Sam schluckte seinen Zorn hinunter, als er sich selbst zuredete, dass sie nun dafür gesorgt hatten, dass dies nie legal werden würde. Die Frau im Anzug applaudierte langsam und gemeinsam mit Roth drehten sie sich zur Kamera um, wo sie eine Weile miteinander diskutierten. Beide Geschäftsleute strahlten und schüttelten sich schlussendlich wie zur Besiegelung eines Paktes die Hände. Nun erinnerte sich Sam, weshalb sie ihm so bekannt vorkam.

»Sofia Viktorowitsch«, sprach er es aus.

»Was?«, fragte Melanie, die den Blick nicht von der Szene abwenden konnte.

»Die Frau im Anzug. Eine russische Politikerin. Verteidigungsministerium«, sagte Sam matt. »Schaust du keine Nachrichten?«

Sie ignorierte seine Frage.

»Worüber denkst du, dass sie sich unterhalten?«, wollte sie stattdessen zaghaft wissen.

»Da bleibt nicht viel Interpretationsspielraum. Sie will das Zeug haben.«

Melanie senkte das Handy und eine Weile lang starrten sie beide den Boden an.

»Gibt nicht viel, was wir dagegen tun können, was?«, sagte sie dann.

Sam schüttelte den Kopf.

»Ich glaube kaum, dass sich die russische Bevölkerung dafür interessiert, was unsere Presse erzählt.« In seiner Stimme schwangen Bitterkeit und Niederlage mit.

Melanie beendete das Video und reichte Sam das Handy. Offenbar war auch ihr die Lust vergangen, sich tiefer durch die Dateien zu wühlen.

»Hey«, sagte sie aber mit festem Tonfall. »Wir haben mehr erreicht, als wir uns wünschen dürfen. Noch dazu sind wir am Leben.«

Der Gedanke hatte tatsächlich etwas Tröstliches.

»Denkst du, die Roths werden uns von nun an in Ruhe lassen?«, fragte Sam.

Sie sog langsam Luft durch die Nase ein und legte den Kopf schräg.

»Keine Ahnung. Sie wissen nicht, dass wir den Computer weitergegeben haben. Außerdem hast du Yoshi umgebracht.«

Die Worte fuhren wie heißer Stahl durch Sams Nerven.

»Tut mir leid«, nuschelte er schließlich die Entschuldigung, die er bisher nicht über die Lippen gebracht hatte.

»Was meinst du?«, fragte sie, seinen Augen ausweichend.

»Ich wollte nicht, dass er so endet.« *Verteilt auf meinen Kleidern*, dachte er sich dabei.

Nun lächelte sie ihn traurig an, doch ihr Blick war fest.

»Er war ein schlechter Mensch, Sam. Wenn du ihn nicht erledigt hättest, wären viele andere auf seine Kosten gestorben.«

Sam nickte und drehte die nächsten Worte ein paar Mal auf seiner Zunge hin und her: »Was war es nun? Das zwischen euch?«

Melanie schwieg so lange, dass Sam nicht mehr glaubte, sie würde antworten.

»Er hatte recht«, sprach sie schlussendlich. »Es war eine Wette, zwischen mir und den anderen Handlangern von Roth. Yoshi nahm nie an unseren gemeinsamen Trinkabenden teil und verzog sich wann immer möglich in seine Kammer. Als wir etwas zu viel intus hatten, forderten sie mich heraus.« Sie blickte ihn nach wie vor nicht an, sondern knetete die Hände in ihrem Schoß. »Es blieb nicht bei dem einen Mal. Dennoch sagte ich ihm klar, dass nie mehr aus uns werden würde. Er hat es nicht gut aufgenommen. Als ich ihn nach einer solchen Nacht wiedersah, trug er die Narben im Gesicht.«

Sam hob die Augenbrauen.

»Er hat sie sich selber zugefügt?«

Kaum merklich hob sie die Schultern.

»Ich weiß es nicht. Auf jeden Fall hielt ich mich von ihm fern. Bis ich wissen wollte, was Roth wirklich mit mir vorhatte. Deshalb habe ich ihn angerufen.«

Mit den Worten stand sie auf und Sam interpretierte, dass das Gespräch beendet sowie seine Entschuldigung angenommen war. Doch dann zuckte sie auf einmal zusammen und verkrampfte sich.

»Was ist?«, fragte er und sprang auf die Füße.

Ganz kurz schwieg sie und blickte hochkonzentriert.

»Shit!«, fluchte sie gedämpft und presste sich neben der Tür an die Wand.

Diese wurde in diesem Moment aufgeworfen und noch bevor der uniformierte Mann den Raum in Augenschein nehmen konnte, hatte Melanie ihm die Waffe aus der ausgestreckten Hand getreten, ihn am Arm gepackt und zu Boden geschleudert. Sam hatte sich in der Zwischenzeit nicht einmal von der Stelle gerührt, konnte dafür aber sehen, dass ein zweiter Mann direkt auf den ersten folgte. Melanie hielt bereits die weggetretene Waffe in der Hand und schaltete den Zweiten aus.

»Roths Leute!«, rief sie Sam zu und dieser sprang nun in einem Satz zum Fenster und versuchte so unauffällig wie möglich nach draußen zu spähen.

»Es kommen noch mehr«, erkannte er und war sofort bei Melanie an der Tür, welche ihm die Waffe des Zweiten in die Hände drückte. Dann schaute sie ihm für einen kurzen Moment in die Augen.

»Viel Glück, Doc.«

Damit verschwand sie in den Gang. Als Sam ihr folgte, war sie bereits im unteren Stock angelangt und er verstand ihre Worte. Dies war also der Abschied. Nun war jeder auf sich allein gestellt. Als hinter ihm Schüsse krachten und die Scheiben ihrer Wohnung schepperten, hechtete er den Gang hinunter und öffnete die Tür zu der Wohnung, die auf der Rückseite des Gebäudes lag. Sie wirkte bewohnt, war jedoch leer. Sam sprintete zum Fenster und riss es auf. Ein imaginärer Schmerz durchzuckte sein Bein, als er die Distanz zum Boden abmaß. Lauter werdende Schreie im Treppenhaus verjagten jedoch sein Zögern und er sprang.

Seine Hände berührten den Boden kaum, als die Prothesen den Fall abfederten und für einen Moment verharrte er in der Hocke. Als der Schmerz ausblieb, konnte Sam ein Grinsen nicht unterdrücken. Kugeln, die sich neben ihm in den Boden fraßen, ließen ihn aufspringen. Ohne zurückzublicken, richtete er die Waffe nach hinten und feuerte wahllos, bis ihm in den Sinn kam, so unschuldige Dritte verletzen zu können. Dann rannte er nur noch, hinaus aus dem Hinterhof und in eine schmale Gasse. Nach und nach wurden die Rufe und Schüsse leiser, dennoch hielt er nicht an. Ohne zu wissen wie lange und wohin, sprintete er durch Zürich und betete, dass Melanie es ebenfalls hinausgeschafft hatte. Sie mussten jetzt von der Bildfläche verschwinden, so viel stand fest.

19. KAPITEL

Einige Tage später stand Sam in der Bahnhofshalle, in der er damals Pure gestellt hatte. Immer wieder fuhr er sich durch das millimeterlange Haar, das inzwischen auf seinem Schädel spross und ihn ständig irritierte. Sein Bärtchen hingegen hatte er abrasiert. Auch wenn er nicht viel mehr tun konnte, um sein Aussehen zu verändern, fühlte er sich unendlich anders als vor zwei Wochen.

Mit einer einzelnen Reisetasche zwischen seinen Beinen wartete er auf dem Bahnsteig, bis der Fernreisezug einfuhr, der ihn nach Italien bringen würde. Was er dort tun sollte, wusste er nicht. Eine Arztpraxis eröffnen war keine Option. Zum einen, da er geschworen hatte, nie wieder zu operieren, zum anderen, da seine neuen Papiere besagten, dass er von Beruf Sprachwissenschaftler sei. Sprachwissenschaftler, der kein Wort Italienisch verstand. Er würde sehen, wie sich das entwickelte. Marc Geissner lautete sein Name von nun an. Crunch hatte bei den Daten auch eine Handvoll gefälschter Identitäten gelagert, gemeinsam mit vorgefertigten, dazugehörenden Dokumenten. Möglicherweise ließen sich die Polizei und die Roth-Geschwister so überlisten. Wenn nicht, würde er es schnell genug herausfinden.

In dem Moment rannte ein Mann nahe an ihm vorbei in Richtung Straße und Sam konnte nicht anders, als unwillkürlich zusammenzuzucken. Vielleicht würde Italien seinen Nerven ganz gut tun. Während er langsam ausatmete, fiel sein Blick auf die Zeitung, die der Mann fallen gelassen hatte und in einer Seitenspalte titelte: *Verschwörung in der Pharmabranche?*

Ohne die Zeitung aufzuheben, überflog Sam den Artikel, der nur sehr kryptisch darauf hinwies, dass in einer nächsten Ausgabe mehr darüber berichtet würde. Diese Baumgartner schien ganz schön auf Zack zu sein. Als sein Handy auf einmal zu klingeln begann, zuckte Sam abermals zusammen. *So bald hatte ich eigentlich nicht damit gerechnet, dass man mich findet*, dachte er zynisch.

Er holte das Gerät aus seiner Tasche und starrte auf die unterdrückte Nummer. Nachdem es zum sechsten Mal klingelte, seufzte Sam und nahm ab.

»Hallo?«, sagte er mit verstellter Stimme.

»Hey Sam«, erklang es vom anderen Ende der Leitung.

Pure?, fuhr es Sam durch den Kopf und ihm brach der kalte Schweiß aus. Was bedeutete das? Die Abmachung lautete, sich nicht wieder zu kontaktieren. Steckte sie in Schwierigkeiten?

»Keine Angst, Doc. Mir geht's gut«, sagte sie mit leichter Stimme, als hätte sie seine Gedanken erraten.

»Gut zu hören«, antwortete er vorsichtig.

»Schon unterwegs?«, fragte sie im Plauderton und er legte die Stirn in Falten.

»Bald«, antwortete er mit einem Blick entlang der Gleise.

»Sag mal«, fuhr sie im selben Tonfall weiter und Sam musste kurz lächeln, als er ihren Mitteilungsdrang erkannte und gleichzeitig spürte, wie gut es tat ihre Stimme zu hören. *»Warum bist du eigentlich Arzt geworden?«*

Die Frage überrumpelte ihn nun doch ein wenig.

»Ich hatte keine große Wahl, schätze ich.«

»Aber du mochtest deinen Job irgendwie, nicht wahr?«

»Du hast mich ertappt«, gab er mit einem heiseren Lachen zu.

»Warum?«

Nun seufzte Sam und überlegte sich, was er ihr sagen

sollte. Schlussendlich kramte er eine Antwort heraus, die der Wahrheit entsprach, sie vor allem aber etwas überraschen sollte.

»Ich mag Blut«, erklärte er und imitierte ihren Plauderton.

Eine Weile lang war es still in der Leitung.

»Was bist du nur für ein Freak, Doc. Ein Arzt, der auf Blut abfährt. Ist es nicht irgendwie unhygienisch, sich bei einer Operation einen runterzuholen?«

Das unterdrückte Lachen war deutlich in ihrer Stimme zu hören. Trotzdem verdrehte Sam die Augen.

»Nicht so, du ...« Er druckste etwas herum, als ihm keine passende Beleidigung einfallen wollte. »Ich mag das Rot. Es ist ... vollkommen. Blut ist das Einzige, das sich die reine, nackte Bezeichnung rot zu eigen machen darf. Alles andere ist eine verwaschene, verunreinigte Abart davon.«

Blut war rot. Und nur Blut.

»Schon okay«, ergänzte Melanie. *»Ich glaube die Art wie ein Killer und ein Arzt Blut sehen, könnte verschiedener nicht sein.«*

Ein leises, kehliges Lachen folgte darauf.

»Warum bist du Auftragsmörderin geworden?«, setzte Sam nun nach.

Ein Schnalzen erklang durch die Leitung.

»Mein Bruder«, lautete schließlich die Antwort.

Sam erinnerte sich daran, als Yoshi eine Bemerkung über ihren Bruder gemacht hatte, die Pure ... Melanie die Fassung hatte verlieren lassen.

»Ja?«

»Ich hab ja gesagt, dass meine Familie auf der Straße gelandet ist, als mein Vater von der Bildfläche verschwand.« Sie klang sehr sachlich, was Sam jedoch nicht sonderlich überraschte. *»Er begann jeden Auftrag anzunehmen, solange er Geld*

einbrachte. Irgendwann wurde er von Roth für die Erledigung gewisser ... Arbeiten angeheuert.« Sam konnte sich denken, was sie damit meinte. *»Als er das erste Mal seine Waffen nach Hause brachte und ich mich daran versuchte, wurde schnell klar, dass ich über ganz formidable Talente verfüge.«* Sam hörte förmlich, wie sie mit den Schultern zuckte. *»Also heuerte man mich mit an.«* Jetzt erhielt ihre Stimme einen düsteren Klang. *»Wir waren ein perfektes Team und von Anfang an Roths Lieblinge. Dann wurde uns ein Modding versprochen.«* Sie räusperte sich. *»In unserem Berufsstand ist es selbstverständlich, dass wir uns früher oder später aufrüsten lassen«*, fuhr sie fort. *»Und wir hatten es uns längst verdient, als Xaver es uns anbot. Mein Bruder war der Erste. Es gab Komplikationen.«* Sie schwieg eine Weile und Sam konnte das Bild selber zu Ende malen.

»Tut mir leid«, sagte er im ernsten Ton.

»Schon okay«, antwortete sie und atmete einmal schwer in das Mikrofon. *»Ich habe mich danach stets geweigert, etwas an mir machen zu lassen. Seither nannte man mich Pure.«*

Wieder war die Leitung für eine Weile still.

»Warum rufst du an, Melanie?«, fragte Sam, ohne den genauen Grund wissen zu wollen.

»Einfach so, Doc«, antwortete sie nun in derselben, plaudernden Stimme wie zuvor. *»Ich warte auf meinen Flug und frage mich, ob ich den richtigen Ort ausgesucht habe.«*

Sam spitzte die Ohren. Brach sie nun ihre zweite Abmachung und würde ihm erzählen, wohin sie unterwegs war?

»Weißt du«, fuhr sie fort. *»Ich habe gehört, Moskau sei eine Reise wert.«*

Die Worte hingen eine Weile in der Luft, bis Sam ihren Sinn verstand. Sofort setzte sein Herz einen Schlag aus, bevor es zu rasen begann. Moskau. Sein Hals wurde trocken. Schlug sie ihm soeben vor, was er glaubte, das sie vorschlug? In seinem Kopf formten sich die Bilder des Überwachungsvideos und er verkrampfte sich automatisch. Doch dann streckte er den Rücken durch und legte den Kopf in den Nacken. Ein Lächeln umspielte seine Lippen.

»Ich wollte schon immer mal nach Russland.«

Hey Sammy-Boy

Ich hoffe, bei dir läuft alles gerade. Falls du dich langweilst, habe ich da was Kleines für dich.

uggc://pnezrapncvgv.pu/znfpuvarajnua-qrpelcgrq/
Cnffjbeg: n0KwXPrw

Schätze mal, du kannst das nicht lesen. Bist aber ein helles Köpfchen und findest schon raus, was ich sagen will.

Cheers,
Crunch

PS: Wenn du echt nicht weiterkommst, schau mal wie der gute alte Caesar seine Nachrichten verschlüsselt hat.

DANKSAGUNG

Für den reinen Schreibprozess bei der Entstehung eines Romans braucht der Autor vor allem Zeit und Ausdauer. Damit ist es jedoch längst nicht getan, denn ohne gründliche Recherche und intensive Überarbeitung würde ein Roman wie »Maschinenwahn« nie seine endgültige Reife erreichen. Glücklicherweise sind mir dabei eine Handvoll Menschen mit Rat und Tat zur Seite gestanden.

Zuallererst geht mein Dank an diejenigen, die sich von mir haben löchern lassen und an der Ideenentwicklung beteiligt waren:
Alexandra, die sich tapfer meinen Fragen bezüglich Pharmazeutika stellte.
Miriam, mein persönlicher, medizinischer Moriarty.
Phlupy, ohne den (und Pizza und Bier) die Idee zu diesem Roman gar nie entstanden wäre.
Stefan, für die Einblicke in die Psyche des Menschen.

Doch auch ohne objektive Rückmeldung hätte der Roman nie den letzten Schliff erhalten. Vielen Dank an meine wundervollen Testleser:
Alex, für den Geographieunterricht.
Tim, dank dem Boobie erst so richtig Boobie wurde.
Tina, die schuld ist, dass Sam und Pure mich noch nicht sogleich in Ruhe lassen.

Und zum Schluss gilt mein Dank Wibke, die es wieder geschafft hat, auf der Rückseite des Buches ein Meisterwerk zu kreieren!

MEHR VORN CARMEN CAPITI?

Das letzte Artefakt

Nominiert für den SERAPH 2016 – Bestes Debüt!

Meisterschurkin Arala erfährt vom Tod ihrer Schwester, da sie den brandschatzenden Schergen des Königsbruders Zepharis begegnet ist, und schwört Vergeltung.

Gegen ihre Prinzipien schließt sie sich einer Gruppe Reisender an, die sie zu Zepharias' geheimer Festung führen soll. Arala erfährt jedoch am eigenen Leib, dass der Königsbruder weder durch List noch durch Kraft zu besiegen ist. Lediglich eine alte Legende über ein mächtiges Artefakt scheint die letzte Hoffnung zu sein. Ein Artefakt, das Arala direkt in Zepharis' Reich trägt ...

MEHR VORN CARMEN CAPITI?

Die Geister von Ure

Glaubst du die Geschichten, die man sich in den Bergdörfern erzählt? Über die Geister und die Pakte, die sie mit den Menschen schließen?
Sie beschützen die Bauern, ihr Zuhause und ihr Vieh
Man sagt sogar, sie würden Herzenswünsche erfüllen.
Sofern man bereit ist, ihren Preis zu bezahlen.

Von seinem Dorf zum Sündenbock gemacht und vom eigenen Vater abgewiesen, verlässt Oldarn sein Zuhause, um seine begangenen Fehler gutzumachen. Für ihn beginnt eine Reise durch das Tal von Ure, die sich als gefährlicher herausstellt, als er angenommen hat. Hilfe erhält er unerwartet vom schweigsamen Jäger Exer, doch dieser verlangt eine Gegenleistung, die Oldarn auf eine blutige Spur lockt. Dabei erfährt er vieles über die Menschen und sich selbst– und über die Geister, die ihr ganz eigenes Spiel spielen.

Ein Roman basierend auf Innerschweizer Sagen.

Carmen Capiti wurde 1988 in der Zentralschweiz geboren. Nach einer Latein-Matura absolvierte sie ein Informatikstudium und arbeitet seit 2012 im Bereich der IT-Sicherheit.

Das Schreiben entdeckte sie in frühen Jahren auf der Schreibmaschine ihrer Großeltern und verfasste während ihrer Schulzeit diverse Zeitungsartikel und Kurzgeschichten. Seither lässt sie das Schreiben nicht mehr los.

Nachdem sie ihren Debüt-Roman „Das letzte Artefakt", in dem zwölf Jahre Arbeit stecken, bei einem Verlag untergebracht hat, war ihr klar, dass es nicht bei diesem einen Roman bleiben wird. Seither schreibt sie weiter im Genre Fantasy, aber auch bei Science Fiction und Cyberpunk fühlt sie sich zu Hause. Ein Thriller-Projekt ist ebenfalls angedacht.

2015 gründete sie mit drei weiteren Autorinnen den Verein Schweizer Phantastikautoren, wo sie das Amt der Präsidentin innehält.

Weitere Informationen:
www.carmencapiti.ch
www.phantastikautoren.ch

carmencapiti@gmail.com